AF202500

Tucholsky Wagner Zola Scott Sydow Freud Schlegel
Turgenev Wallace Fonatne

Twain Walther von der Vogelweide Fouqué Friedrich II. von Preußen
Weber Freiligrath
Kant Ernst Frey
Fechner Fichte Weiße Rose von Fallersleben Richthofen Frommel
Hölderlin
Engels Fielding Eichendorff Tacitus Dumas
Fehrs Faber Flaubert
Eliasberg Ebner Eschenbach
Feuerbach Maximilian I. von Habsburg Fock Eliot Zweig
Ewald Vergil
Goethe Elisabeth von Österreich London
Mendelssohn Balzac Shakespeare Dostojewski Ganghofer
Lichtenberg Rathenau
Trackl Stevenson Doyle Gjellerup
Mommsen Tolstoi Hambruch
Thoma Lenz Hanrieder Droste-Hülshoff
Dach Verne von Arnim Hägele Hauff Humboldt
Reuter
Karrillon Garschin Rousseau Hagen Hauptmann Gautier
Damaschke Defoe Hebbel Baudelaire
Descartes Hegel Kussmaul Herder
Wolfram von Eschenbach Dickens Schopenhauer Rilke George
Bronner Darwin Melville Grimm Jerome
Campe Horváth Aristoteles Bebel Proust
Bismarck Vigny Barlach Voltaire Federer Herodot
Gengenbach Heine
Storm Casanova Tersteegen Grillparzer Georgy
Chamberlain Lessing Langbein Gilm Gryphius
Brentano Lafontaine
Strachwitz Claudius Schiller Kralik Iffland Sokrates
Katharina II. von Rußland Bellamy Schilling
Gerstäcker Raabe Gibbon Tschechow
Löns Hesse Hoffmann Gogol Wilde Vulpius
Luther Heym Hofmannsthal Morgenstern Gleim
Roth Klee Hölty Goedicke
Luxemburg Heyse Klopstock Kleist
Puschkin Homer Mörike Musil
La Roche Horaz
Machiavelli
Navarra Aurel Musset Kierkegaard Kraft Kraus
Nestroy Marie de France Lamprecht Kind Kirchhoff Hugo Moltke
Laotse Ipsen Liebknecht
Nietzsche Nansen
Marx Lassalle Gorki Klett Ringelnatz
von Ossietzky May Leibniz
vom Stein Lawrence Irving
Petalozzi
Platon Knigge
Sachs Poe Pückler Michelangelo Kock Kafka
Liebermann Korolenko
de Sade Praetorius Mistral Zetkin

Dubrowskij

Alexander Sergejewitsch Puschkin

Impressum

Autor: Alexander Sergejewitsch Puschkin
Übersetzung: Alexander Eliasberg
Umschlagkonzept: toepferschumann, Berlin

Verlag: tradition GmbH, Hamburg
ISBN: 978-3-8424-1308-5
Printed in Germany

Alexander Puschkin

Dubrowskij

Erstes Kapitel

Vor mehreren Jahren lebte auf einem seiner Güter der Landedelmann vom alten Schrot und Korn Kirila Petrowitsch Trojekurow. Sein Reichtum, seine vornehme Abstammung und seine Verbindungen verliehen ihm ein großes Gewicht in dem Gouvernement, wo sich sein Gut befand. Von seiner ganzen Umgebung verwöhnt, pflegte er keiner Laune seines heißblütigen Gemüts und keinem Einfall seines recht beschränkten Geistes einen Zaum anzulegen. Die Nachbarn waren froh, wenn sie seine Wünsche erfüllen konnten; die Gouvernementsbeamten zitterten bei der bloßen Erwähnung seines Namens. Kirila Petrowitsch nahm alle Zeichen der Unterwürfigkeit als einen ihm zukommenden Tribut auf. Sein Haus war immer voller Gäste, die stets bereit waren, ihm in seinem Müßiggange Gesellschaft zu leisten und seine geräuschvollen, zuweilen auch tollen Belustigungen zu teilen. Niemand erfrechte sich, eine Einladung zurückzuweisen, oder versäumte es, an bestimmten Tagen im Dorfe Pokrowskoje seine Auswartung zu machen. Kirila Petrowitsch war ungewöhnlich gastfrei und litt, trotz der ungeheuren Ausdauer seiner Körperkräfte, an die zweimal in der Woche an den Folgen seiner Unmäßigkeit und war jeden Abend angeheitert. Nur wenige leibeigene Mädchen entgingen den Anschlägen des fünfzigjährigen Wollüstlings. Außerdem wohnten in einem Seitenflügel seines Hauses sechzehn Dienstmädchen, die sich mit den ihrem Geschlechte eigenen Handarbeiten beschäftigten. Die Fenster dieses Flügels mit einem Holzgitter versehen, die Türen immer abgeschlossen, und die Schlüssel befanden sich bei Kirila Petrowitsch. Die jungen Gefangenen gingen zu festgesetzten Stunden unter Aufsicht zweier alter Frauen im Garten spazieren. Kirila Petrowitsch verheiratete ab und zu eine von ihnen und nahm dann an ihre Stelle eine neue. Die Bauern und das Hausgesinde behandelte er streng und despotisch; trotzdem waren sie ihm ergeben: sie waren auf den Reichtum und das Ansehen ihres Herrn stolz und erlaubten sich ihrerseits vieles gegen ihre Nachbarn,. da sie auf den mächtigen Schutz ihres Herrn rechnen durften.

Die ständige Beschäftigung Trojekurows bestand darin, daß er seine ausgedehnten Besitztümer besuchte, dauernd Zechgelage veranstaltete und Streiche verübte, die er jeden Tag neu erfand und denen gewöhnlich jemand von seinen neuen Bekannten zum Opfer fiel, obwohl ihnen auch die alten Bekannten nicht immer entgingen, – mit der einzigen Ausnahme von Andrej Gawrilowitsch Dubrowskij. Dieser Dubrowskij, ehemaliger Leutnant der Garde, war sein nächster Nachbar und besaß nur siebzig leibeigene Seelen. Trojekurow, der im Verkehr mit den hochstehenden Personen hochmütig war, hatte vor Dubrowskij trotz dessen bescheidenen Vermögens Respekt. Einst waren sie Dienstkameraden gewesen, und Trojekurow kannte aus Erfahrung sein aufbrausendes Wesen und die Festigkeit seines Charakters. Das denkwürdige Jahr 1762 trennte sie für lange. Trojekurow, der mit der Fürstin Daschkowa verwandt war, machte Karriere; Dubrowskij war aber gezwungen, Abschied zu nehmen und sich mit den Resten seines Vermögens auf das ihm noch verbliebene Gut zurückzuziehen. Als Kirila Petrowitsch davon erfuhr, bot er ihm seine Hilfe an, aber Dubrowskij dankte dafür und blieb arm und unabhängig. Einige Jahre später kam Trojekurow als General en Chef a.D. aus sein Gut zurück; die beiden sahen sich mit großer Freude wieder. Von nun an waren sie jeden Tag zusammen, und Kirila Petrowitsch, der sonst niemand die Ehre seinem Besuches erwies, besuchte oft ohne alle Förmlichkeit das bescheidene Haus seines alten Freundes. Da sie Altersgenossen und vom gleichen Stande waren und die gleiche Erziehung genossen hatten, besaßen sie eine gewisse Ähnlichkeit im Charakter und in den Neigungen; in manchen Beziehungen waren auch ihre Schicksale ähnlich: beide hatten aus Liebe geheiratet, waren früh Witwer geworden, und ein jeder hatte ein Kind. Der Sohn Dubrowskijs wurde in Petersburg erzogen, und die Tochter Kirila Petrowitschs wuchs im väterlichen Hause heran. Trojekurow pflegte zu Dubrowskij zu sagen: »Hör' mal, Bruder Andrej Gawrilowitsch: wenn aus deinem Wolodjka was rechtes wird, will ich ihm meine Mascha geben, und wenn er auch so arm ist wie eine Kirchenmaus.« Andrej Gawrilowitsch schüttelte den Kopf und sagte: »Nein, Kirila Petrowitsch, mein Wolodjka ist nicht der passende Mann für Marja Kirilowna. Für einen armen Adligen, wie er, ist es besser, eine arme Adlige zu heiraten und der Herr in seinem Hause zu sein, statt der Diener eines verzogenen Weibes zu werden.«

Die Eintracht, die zwischen dem hochmütigen Trojekurow und seinem armen Nachbarn herrschte, erregte in allen Neid, und alle bewunderten die Kühnheit des letzteren, wenn er bei der Tafel Kirila Petrowitsch offen seine Meinung äußerte, ohne sich darum zu kümmern, ob sie den Überzeugungen des Hausherrn entsprach. Manche versuchten es ihm gleichzutun und die Grenzen des gebührenden Gehorsams zu überschreiten; aber Kirila Petrowitsch jagte ihnen dann solche Angst ein, daß sie für immer jede Lust zu solchen Versuchen verloren: nur Dubrowskij allein stand außerhalb dieses Gesetzes. Durch einen Zufall wurde aber dieses Verhältnis getrübt und gestört.

Einmal, im Frühherbst, wollte Kirila Petrowitsch zur Jagd. Am Tage vorher erging an die Stallknechte und Pikeure der Befehl, um fünf Uhr früh bereit zu sein. Das Zelt und die Küche wurden schon vorher an den Ort verbracht, wo Kirila Petrowitsch zu Mittag essen sollte. Der Hausherr und seine Gäste besuchten den Hundezwinger, wo mehr als fünfhundert Spür – und Windhunde behaglich und warm lebten, die Freigebigkeit Kirila Petrowitschs in ihrer Hundesprache preisend. Hier befand sich auch das vom »Stabsarzte« Timoschka geleitete Lazarett für die kranken Hunde und eine Abteilung, wo die Hündinnen ihre Jungen warfen und säugten. Kirila Petrowitsch war auf diese herrliche Einrichtung stolz und ließ sich keine Gelegenheit entgehen, mit ihr vor seinen Gästen zu prahlen, von denen jeder diesen Zwinger schon mindestens zwanzigmal gesehen hatte. Von seinen Gästen umgeben und von Timoschka und den Ober-Pikeuren gefolgt, ging er durch den Zwinger und blieb hie und da vor einer Hundehütte stehen, um sich bald nach dem Zustand der Kranken zu erkundigen, bald mehr oder weniger strenge und vernünftige Bemerkungen zu machen und bald die ihm bekannten Hunde herbeizurufen und sich mit ihnen freundlich zu unterhalten. Die Gäste hielten es für ihre Pflicht, ihr Entzücken über den Hundezwinger Kirila Petrowitschs zu äußern; Dubrowskij allein schwieg und machte ein finsteres Gesicht; er war leidenschaftlicher Jäger, aber sein Vermögen erlaubte ihm, sich nur zwei Hetzhunde und eine Windhündin zu halten; darum konnte er beim Anblick dieser großartigen Zucht seinen Neid nicht unterdrücken. »Was blickst du so finster,« fragte Kirila Petrowitsch, »gefällt dir mein Zwinger nicht?« – »Nein,« antwortete Dubrowskij streng, »der Zwinger ist herrlich, Ihre Leute haben wohl kaum ein so gutes Leben wie Ihre Hunde.« Ein Pikeur fühlte sich beleidigt. »Über unser Leben,« sagte er, »können wir dank Gott und unserm Herrn nicht klagen, aber für manchen Edelmann wäre es gar nicht schlecht, sein Gut mit einer beliebigen Hundehütte zu vertauschen: da gäbe es mehr zu essen und er hätte es auch wärmer.« Kirila Petrowitsch lachte bei der frechen Bemerkung seines Knechtes laut auf, und mit ihm lachten auch alle andern, obgleich sie fühlten, daß der Scherz des Pikeurs sich auch auf sie hätte beziehen können. Dubrowskij erbleichte, sagte aber kein Wort. In diesem Augenblick brachte man Kirila Petrowitsch in einem Körbchen einen Wurf neugeborener Hunde; er widmete sich ihnen, wählte zwei von ihnen aus und ließ die übrigen ertränken. Andrej Gawrilowitsch verschwand indessen, ohne daß es jemand bemerkte.

Mit den Gästen aus dem Hundezwinger zurückgekehrt, setzte sich Kirila Petrowitsch an die Abendtafel und vermißte erst jetzt Dubrowskij. Seine Diener sagten ihm, Andrej Gawrilowitsch sei nach Hause gefahren. Trojekurow befahl, ihm sofort einen Boten nachzuschicken, der ihn zurückbringen sollte. Noch nie war er ohne Dubrowskij, diesen erfahrenen und feinen Kenner der Hunde und den oberster Richter in allen Jagdstreitigkeiten auf die Jagd gefahren. Der Diener, den er Dubrowskij nachgeschickt hatte, kehrte zurück und meldete, als alle noch bei der Tafel saßen, seinem Herrn, Andrej Gawrilowitsch hätte ihm nicht gefolgt und wolle nicht zurückkommen. Kirila Petrowitsch, wie immer durch den genossenen Fruchtschnaps erhitzt, wurde böse und schickte den gleichen Boten nochmals, Andrej Gawrilowitsch zu sagen, daß, wenn er nicht nach Pokrowskoje käme, um da zu übernachten, er, Trojekurow, sich mit ihm für immer verzanke. Der Diener ritt wieder davon. Kirila Petrowitsch stand von der Tafel auf, entließ die Gäste und legte sich schlafen. Seine erste Frage am andern Morgen war: »Ist Andrej Gawrilowitsch hier?« Man überreichte ihm einen zu einem Dreieck zusammengefalteten Brief. Kirila Petrowitsch befahl seinem Schreiber, den Brief laut vorzulesen, und hörte folgendes:

»Mein gnädigster Herr! Ich bin nicht gewillt, so lange nach Pokrowskoje zurückzukehren, ehe Sie mir den Pikeur Paramoschka mit einer Entschuldigung geschickt haben; es soll dabei in meiner Macht stehen, ihn zu bestrafen oder ihm zu verzeihen; ich habe aber nicht die Absicht, die Späße Ihrer Knechte zu dulden und werde sie mir auch von Ihnen nicht gefallen lassen, denn ich bin kein Narr, sondern ein alter Edelmann. Indessen verbleibe ich Ihr ergebener Diener

Andrej Dubrowskij.«

Nach den damaligen Anstandsbegriffen war der Brief im höchsten Grade verletzend; Kirila Petrowitsch wunderte sich aber nicht über den seltsamen Stil, sondern nur über den Inhalt. »Wie?« schrie Trojekurow auf, mit bloßen Füßen aus dem Bette springend. »Ich soll ihm meine Leute mit einer Entschuldigung schicken! Was fällt ihm ein? Weiß er auch, mit wem er es zu tun hat? Ich werde es ihm schon zeigen! Er soll wissen, was es heißt, gegen Trojekurow aufzubegehren.« Kirila Petrowitsch zog sich aber doch an und fuhr mit seinem gewöhnlichen Prunk auf die Jagd. Er hatte kein Glück; den ganzen Tag bekamen sie nur einen einzigen Hasen zu Gesicht, der ihnen obendrein entging; das Mittagessen im Freien unter dem Zelte war gleichfalls mißlungen oder entsprach wenigstens nicht dem Geschmack Kirila Petrowitschs, der den Koch verprügelte, die Gäste grob anfuhr und auf dem Heimwege mit der ganzen Jagdgesellschaft durch die Felder Dubrowskijs ritt.

Zweites Kapitel

Es vergingen einige Tage, und die Feindschaft zwischen den beiden Nachbarn nahm nicht ab. Andrej Gawrilowitsch dachte gar nicht daran, nach Pokrowskoje zurückzukehren; Kirila Petrowitsch langweilte sich aber ohne ihn und machte seinem Ärger in den beleidigendsten Ausdrücken Luft, die dank dem Eifer der damaligen Edelleute Dubrowskij in verbesserter und vervollständigter Fassung erreichten. Ein neuer Zwischenfall vernichtete auch die letzte Hoffnung auf eine Versöhnung. Dubrowskij machte eines Tages eine Runde durch seinen kleinen Besitz; als er sich dem Birkenwäldchen näherte, hörte er Abschläge und gleich darauf das Krachen eines gefällten Baumes; er eilte hin und erwischte mehrere Bauern aus Pokrowskoje, die ruhig sein Holz stahlen. Als sie ihn sahen, wollten sie davonlaufen, aber Dubrowskij fing mit Hilfe seines Kutschers zwei von ihnen ein und brachte sie gefesselt auf seinen Hof; auch drei feindliche Pferde fielen dem Sieger zu. Dubrowskij war außerordentlich erbost; bisher hatten sich die Trojekurowschen Leute, die sonst als Diebe bekannt waren, in den Grenzen seines Besitztums nie etwas erlaubt, da sie die freundschaftlichen Beziehungen zwischen den beiden Besitzern kannten. Dubrowskij sah, daß sie sich den zwischen ihnen ausgebrochenen Zwist zunutze machten, und entschloß sich, entgegen allen Vorschriften des Kriegsrechts, seine Gefangenen mit den Ruten, die sie selbst in seinem Wäldchen gestohlen hatten, zu züchtigen, die Pferde aber dem herrschaftlichen Arbeitsvieh zuzuteilen.

Die Nachricht von diesem Ereignis erreichte am gleichen Tage Kirila Petrowitsch. Er geriet ganz außer sich und wollte schon im ersten Ausbruch des Zornes mit allen seinen Leibeigenen einen Angriff auf Kistenjowka (so hieß das Gut seines Nachbarn) unternehmen, es vollkommen verwüsten und den Besitzer selbst im Herrenhause belagern; solche Heldentaten waren für ihn nichts Neues; aber seine Gedanken nahmen eine andere Richtung. Während er mit schweren Schritten im Saal auf und ab ging, blickte er zufällig durchs Fenster und sah vor dem Tore eine Troika halten; ein kleines Männchen in Ledermütze und Friesmantel entstieg dem Wagen und begab sich in den Seitenflügel zum Verwalter. Trojekurow erkannte den Assessor Schabaschkin und ließ ihn zu sich rufen. Nach einer Minute stand Schabaschkin schon vor Kirila Petrowitsch, machte eine Verbeugung nach der anderen und wartete mit Andacht auf seine Befehle.

»Guten Tag, ... wie heißt du noch?« sagte Trojekurow. »Wozu bist du hergekommen?«

»Ich fuhr zur Stadt, Euer Exzellenz,« antwortete Schabaschkin, »und wollte bei Iwan Demjanow nachfragen, ob Euer Exzellenz keinen Befehl für mich hätten.«

»Du kommst mir gerade gelegen ... wie heißt du noch? ... Ich will von dir was. Trink ein Glas Schnaps und Höre mich an.«

Dieser freundliche Empfang überraschte den Assessor auf die angenehmste Weise; er verzichtete auf den Schnaps und begann den Worten Kirila Petrowitschs mit der größten Aufmerksamkeit zu lauschen.

»Ich habe einen Nachbarn,« sagte Trojekurow, »einen landarmen Gutsbesitzer, einen Grobian, und ich will ihm sein Gut nehmen ... was denkst du darüber?«

»Euer Exzellenz, wenn Sie vielleicht irgendwelche Dokumente haben ...«

»Unsinn, Bruder, was brauchst du Dokumente? Dafür gibt es Ukase. Das ist eben der Witz, daß ich ihm das Gut ohne jedes Recht nehme. Wart' aber! Dieses Gut hat einmal uns gehört, es war irgendeinem Spizyn abgekauft und dann dem Vater Dubrowskijs verkauft worden. Kann man sich das irgendwie zunutze machen?«

»Es ist schwierig, Exzellenz; der Verkauf war wohl unter Beobachtung der gesetzlichen Vorschriften abgeschlossen worden.«

»Denk' mal nach, Bruder, überlege dir die Sache.«

»Wenn Euer Exzellenz zum Beispiel von Ihrem Nachbarn die Urkunde bekommen könnten, auf der sein Besitzrecht beruht, dann natürlich ...«

»Ich verstehe, aber denke dir nur das Pech: alle seine Papiere sind bei einer Feuersbrunst verbrannt.«

»Wie, Euer Exzellenz, seine Papiere sind verbrannt? Was wollen Sie dann noch? In diesem Falle belieben Sie auf dem gesetzlichen Wege vorzugehen, und Sie können überzeugt sein, daß die Sache zu Ihrer vollsten Zufriedenheit erledigt werden wird.«

»Du glaubst so? Also pass' auf, ich verlasse mich aus deinen Eifer, und meiner Dankbarkeit darfst du versichert sein.«

Schabaschkin verbeugte sich fast bis zur Erde und ging hinaus; am gleichen Tage machte er sich an die beschlossene Sache, und Dubrowskij bekam dank Schabaschkins Geschicklichkeit schon nach zwei Wochen aus der Stadt die Aufforderung, sich unverzüglich zu der beim Gericht vom General en Chef Trojekurow eingelaufenen Klage, daß er das Gut Kistenjowka zu Unrecht besitze, zu äußern.

Andrej Gawrilowitsch, über die unerwartete Anfrage erstaunt, antwortete am gleichen Tage mit einem recht groben Briefe, in dem er erklärte, daß er das Gut Kistenjowka von seinem seligen Vater geerbt hätte, daß er es auf Grund des Erbrechtes besitze, daß Trojekurow die Sache nichts anginge und daß jeder Versuch, ihm sein Eigentumsrecht streitig zu machen, nichts als Betrug und Gaunerei sei. Dubrowskij hatte keine Erfahrung in Prozeßsachen und ließ sich meistenteils vom gesunden Menschenverstand leiten, dessen Führung selten die richtige und fast immer eine ungenügende ist.

Dieser Brief erfreute dem Assessor Schabaschkin das Herz; er sah erstens, daß Dubrowskij von Geschäften wenig verstand und zweitens, daß es gar nicht so schwer sein würde, einen so hitzigen und unbesonnenen Menschen in eine höchst unvorteilhafte Lage zu versetzen. Andrej Gawrilowitsch sah sich die vom Gericht eingelaufene Anfrage noch einmal ruhig an und erkannte die Notwendigkeit, etwas ausführlicher zu antworten; er schrieb einen recht vernünftigen Brief, der sich jedoch später als ungenügend erwies.

Die Sache zog sich in die Länge. Von seinem Rechte überzeugt, kümmerte sich Andrej Gawrilowitsch wenig um die Sache; er hatte weder Lust noch die Möglichkeit, mit Geld um sich zu werfen, spottete über das käufliche Gewissen der Rechtsverdreher, und der Gedanke, daß er das Opfer einer Rechtsbeugung werden könne, kam ihm nie in den Sinn. Trojekurow kümmerte sich auch seinerseits sehr wenig um den Erfolg des von ihm angestrengten Prozesses; Schabaschkin führte die Sache in seinem Namen, machte sich die Richter durch Einschüchterungen und Bestechungen gefügig und legte alle existierenden Ukase auf seine Weise aus. Kurz und gut, am 9. Februar 18.. erhielt Dubrowskij durch die Stadtpolizei eine Aufforderung, vor dem Landgericht zu *** erscheinen, um das in der Streitsache zwischen ihm, dem Leutnant Dubrowskij, und dem General en Chef Trojekurow wegen eines strittigen Gutes gefällte Urteil anzuhören und durch seine Unterschrift entweder dem Urteil die Zustimmung zu geben oder aber dagegen Berufung einzulegen. Dubrowskij begab sich noch am gleichen Tage in die Stadt. Unterwegs überholte ihn Trojekurow: sie sahen einander hochmütig an, und Dubrowskij bemerkte im Gesichte seines Gegners ein boshaftes Lächeln.

In der Stadt stieg Andrej Gawrilowitsch bei einem ihm bekannten Kaufmann ab, übernachtete bei diesem und erschien am nächsten Morgen vor dem Landgericht. Gleich nach ihm kam auch Kirila Petrowitsch; die Schreiber steckten ihre Federn hinter die Ohren und erhoben sich; die Richter empfingen ihn mit dem Ausdrucke tiefster Unterwürfigkeit und schoben ihm aus Achtung vor seinem Rang, seinem Alter und seiner Körperfülle einen Sessel hin. Er setzte sich, während Andrej Gawrilowitsch an eine Wand gelehnt stand. Eine tiefe Stille trat ein, und der Sekretär verlas mit lauter Stimme die Entscheidung des Gerichts. Der Sekretär verstummte; der Assessor stand auf und wandte sich mit einer tiefen Verbeugung an Trojekurow mit der Aufforderung, das Papier zu unterschreiben. Der triumphierende Trojekurow nahm aus seiner Hand die Feder und schrieb unter das Gerichtsurteil sein vollkommenes Einverständnis mit demselben. Jetzt war die Reihe an Dubrowskij. Der Sekretär reichte ihm das Papier, aber Dubrowskij stand regungslos mit gesenktem Kopf da. Der Sekretär wiederholte die Aufforderung, »seine volle und bedingungslose Zustimmung oder seinen ausdrücklichen Protest gegen das Urteil niederzuschreiben, falls er wider Erwarten von der Gerechtigkeit seiner Sache überzeugt sei, und falls er die Absicht habe, in der von den Gesetzen vorgeschriebenen Frist gehörigen Ortes Berufung einzulegen«.

Dubrowskij schwieg... Plötzlich hob er seinen Kopf, seine Augen funkelten, er stampfte mit einem Fuß, stieß den Sekretär so heftig zurück, daß jener hinfiel, ergriff ein Tintenfaß und warf es dem Assessor an den Kopf. Dann schrie er mit wilder Stimme: »Diese Schändung der Kirche Gottes! Hinaus, Gesindel!« Dann wandte er sich an Kirila Petrowitsch und fuhr fort: »Hat man es schon gehört, daß Stallknechte Hunde in die Kirche Gottes bringen! Hunde laufen in der Kirche herum! Ich werde es euch zeigen!« Alle waren entsetzt. Die Gerichtsdiener kamen auf den Lärm herbei und überwältigten ihn mit Mühe. Man führte ihn hinaus und setzte ihn in seinen Schlitten. Trojekurow verließ gleich nach ihm das Gericht, und alle Richter gaben ihm das Geleite; der plötzliche Wahnsinnsanfall Dubrowskijs machte auf ihn mächtigen Eindruck und vergiftete seine Siegesfreude; die Richter, die auf seinen Dank rechneten, bekamen von ihm kein einziges freundliches Wort zu hören; er begab sich sofort nach Pokrowskoje zurück, von heimlichen Gewissensbissen geplagt und ohne die Befriedigung seinen Hasses voll ausgekostet zu haben. Dubrowskij lag indessen im Bett; der Kreisarzt (der glücklicherweise kein völliger Ignorant war) ließ ihn zur Ader und setzte ihm Blutegel und spanische Fliegen an; gegen Abend fühlte er sich besser, und am anderen Tage brachte man ihn nach Kistenjowka, das ihm fast nicht mehr gehörte.

Drittes Kapitel

Es verging einige Zeit, aber das Befinden des armen Dubrowskij war noch immer schlecht. Die Anfälle von Wahnsinn hatten sich zwar nicht mehr wiederholt, aber seine Kräfte nahmen von Tag zu Tag ab. Er vernachlässigte seine gewohnten Beschäftigungen, verließ selten sein Zimmer und grübelte oft Tag und Nacht. Die gute alte Jegorowna, die einstige Wärterin seines Sohnes, wurde nun zu seiner Pflegerin. Sie pflegte ihn wie ein kleines Kind, erinnerte ihn an Essen und Schlafen, fütterte ihn und brachte ihn selbst zu Bett. Andrej Gawrilowitsch gehorchte ihr in allen Dingen, ließ aber sonst niemand zu sich. Er war nicht imstande, an seine Geschäfte und an die Wirtschaft zu denken, und die Jegorowna hielt es für notwendig, den jungen Dubrowskij, der in einem der Garde-Infanterieregimenter diente und sich in Petersburg aufhielt, über alles zu benachrichtigen. So riß sie ein sauberes Blatt aus dem Wirtschaftsbuche heraus und diktierte dem Koch Chariton, dem einzigen Mann, der in Kistenjowka zu schreiben verstand, einen Brief, den sie am gleichen Tage nach der Stadt zur Post schickte. Es ist aber Zeit, den Leser mit dem eigentlichen Helden unserer Geschichte bekannt zu machen. Wladimir Dubrowskij war in einem Kadettenkorps erzogen worden und dann in die Garde als Kornett eingetreten. Der Vater wandte alles auf, um seinem Sohne anständige Mittel zur Verfügung zu stellen, und der junge Mann bekam von zu Hause mehr, als er eigentlich erwarten durfte. Da er leichtsinnig und ehrgeizig war, erlaubte er sich kostspielige Liebhabereien: er spielte Karten, machte Schulden, dachte nicht an die Zukunft und sagte sich mitunter, daß er wohl früher oder später eine reiche Heirat machen würde.

Eines Abends, als mehrere Offiziere auf seinen Sofas lagen und seine Pfeifen rauchten, reichte ihm sein Kammerdiener Grischa einen Brief, dessen Aufschrift und Siegel den jungen Mann nicht wenig überraschten. Er öffnete ihn schnell und las folgendes:

»Unser gnädiger Herr, Wladimir Andrejewitsch! Ich, deine alte Wärterin, wage es, dir über die Gesundheit deines Vaters zu berichten. Es geht ihm sehr schlecht, manchmal weiß er nicht, was er spricht, und sitzt den ganzen Tag wie ein dummes Kind da. Gott ist der Herr über Leben und Tod. Komme schneller zu uns, mein lieber Falke, wir wollen dir nach Pessotschnoje Pferde entgegenschicken. Man sagt, das Landgericht schickt zu uns seine Beamten, um uns dem Kirila Petrowitsch Trojekurow zu übergeben, weil wir, wie er sagt, ihm gehören; wir gehören aber von jeher euch, etwas anderes haben wir auch nie gehört. Du könntest darüber in Petersburg unserem Väterchen, dem Zaren, melden, er wird es nicht dulden, daß uns Unrecht geschieht. Ich verbleibe deine treue Magd Arina Jegorowna Busyrojowa.«

Wladimir Dubrowskij las diese wenig verständlichen Zeilen einigemal hintereinander mit ungewöhnlicher Erregung. Er hatte seine Mutter in der frühesten Kindheit verloren und kannte seinen Vater fast nicht, da er schon im achten Lebensjahre nach Petersburg gebracht worden war. Trotzdem hing er an ihm mit romantischer Liebe und liebte das Familienleben um so mehr, je weniger er von seinen stillen Freuden gekostet. Der Gedanke an die Möglichkeit, den Vater zu verlieren, zerfleischte ihm schmerzhaft das Herz, und die Lage des armen Kranken, die er nach dem Briefe der Wärterin ahnte, erfüllte ihn mit Entsetzen. Er stellte sich seinen Vater vor, wie er einsam im entlegenen Dorfe, von der dummen Alten und der leibeigenen Dienerschaft gepflegt, daliegt ... bedroht von Unheil und ohne Hilfe in körperlichen und seelischen Qualen dahinsiechend. Wladimir warf sich sträfliche Nachlässigkeit vor. Als er von seinem Vater lange keine Nachricht erhalten, hatte er gar nicht daran gedacht, sich selbst zu erkundigen, und geglaubt, der Vater sei verreist oder mit der Wirtschaft beschäftigt. Am gleichen Tage fing er an, sich um einen Urlaub zu bemühen, und saß schon nach zwei Tagen mit seinem treuen Grischa im Postwagen.

Wladimir Andrejewitsch näherte sich der Station, von der er nach Kistenjowka abbiegen mußte. Sein Herz war von traurigen Vorahnungen erfüllt; er fürchtete, seinen Vater nicht mehr am Leben zu finden; er malte sich die traurige Lebensweise aus, die ihn auf dem Gute erwartete: Einsamkeit, Mangel an Gesellschaft, Armut und Geschäfte, von denen er nichts verstand. Auf der Station angekommen, fragte er den Stationsaufseher, ob er nicht Privatpferde haben könne. Der Stationsaufseher erkundigte sich nach seinem Reiseziel und teilte ihm mit, daß die ihm aus Kistenjowka entgegengeschickten Pferde schon seit vier Tagen hier auf ihn warteten. Bald erschien auch der alte Kutscher Anton, der ihn einst in den Pferdestallungen herumgeführt und sein eigenes kleines Pferdchen gepflegt hatte. Anton vergoß beim Wiedersehen mit ihm einige Tränen, verbeugte sich vor ihm bis zur Erde, sagte, daß der alte Herr noch am Leben sei, und eilte hinaus, um die Pferde anzuspannen. Wladimir Andrejewitsch verzichtete auf das ihm angebotene Frühstück und machte sich schleunigst auf den Weg. Anton fuhr ihn auf Dorfwegen, und unterwegs entspann sich zwischen ihnen folgendes Zwiegespräch:

»Sag' mir bitte, Anton, was hat mein Vater mit dem Trojekurow?«

»Das weiß Gott allein, Väterchen Wladimir Andrejewitsch. Unser Herr hat sich mit Kirila Petrowitsch irgendwie nicht vertragen können, und jener verklagte ihn bei Gericht, – obwohl er meistens selbst sein eigener Richter ist. Wir Knechte dürfen nicht über ihren herrschaftlichen Willen urteilen; aber bei Gott, es ist schade, daß dein Väterchen dem Kirila Petrowitsch getrotzt hat; ein Beil kann man mit einer Peitschenschnur nicht durchhauen.«

»Dieser Kirila Petrowitsch macht also hier bei euch alles, was er will?«

»Gewiß, Herr: der Assessor ist für ihn Luft, den Polizeimeister gebraucht er zu Botengängen, und alle Herrschaften kommen zu ihm gefahren, um ihm ihren Respekt zu zeigen. Es ist ja wahr: wenn es nur einen Trog gibt, die Schweine kommen von selbst.«

»Ist es wahr, daß er uns unser Gut nehmen will?«

»Ach, Herr, davon haben auch wir gehört. Neulich sagte der Küster von Pokrowskoje bei der Kindstaufe bei unserm Dorfschulzen: ›Es ist euch lange genug gut gegangen; jetzt nimmt euch Kirila Petrowitsch in Zucht.‹

Aber der Schmied Mikita sagte ihm: ›Genug, Ssaweljitsch, betrübe den Gevatter nicht und mache die Gäste nicht trübsinnig. Kirila

Petrowitsch ist ein Mensch für sich, und Andrej Gawrilowitsch einer für sich, – wir sind aber alle Knechte Gottes und des Zaren.‹ Aber an einen fremden Mund kann man nicht gut einen Kopf annähen.«»Also wollt ihr nicht in den Besitz Trojekurows übergehen?«»In den Besitz Kirila Petrowitschs? Gott schütze und bewahre uns! Seine eigenen Bauern haben ein schlechtes Leben, wenn er aber auch noch fremde bekommt, so schindet er ihnen nicht nur die Haut vom Leibe, sondern auch das Fleisch von den Knochen. Nein, Gott schenke unserm Andrej Gawrilowitsch ein langes Leben; wenn ihn aber Gott zu sich nimmt, so wollen wir keinen anderen als dich allein, du unser Ernährer. Halte zu uns, und wir werden für dich mit Leib und Seele einstehen.« Bei diesen Worten holte Anton mit der Peitsche aus und zog die Zügel an, und die Pferde begannen einen schnellen Trab zu laufen.

Durch die Ergebenheit des alten Kutschers gerührt, verstummte Dubrowskij und gab sich seinen Gedanken hin. So verging mehr als eine Stunde; plötzlich weckte ihn Grischa aus seinen Gedanken mit dem Rufe:»Da ist Pokrowskoje!« Dubrowskij hob den Kopf. Er fuhr am Ufer eines weiten Sees entlang, dem ein Flüßchen entströmte, das sich zwischen Hügeln schlängelte und sich in der Ferne verlor. Aus einem der Hügel erhob sich über den grünen Wipfeln eines Gehölzes das grüne Dach und Belvedere eines großen steinernen Hauses; auf einem anderen eine Kirche mit fünf Kuppeln und einem alten Glockenturme; ringsum lagen die Bauernhäuser mit ihren Gemüsegärten und Ziehbrunnen zerstreut. Dubrowskij erkannte diese Gegend; er erinnerte sich, daß er als Junge auf diesem selben Hügel mit der kleinen Mascha Trojekurowna gespielt hatte, die zwei Jahre jünger als er war und schon damals versprach, eine Schönheit zu werden. Er wollte sich nach ihr bei Anton erkundigen, aber eine gewisse Scheu hielt ihn davon ab. Als der Wagen am Herrenhause vorbeifuhr, sah Dubrowskij ein weißes Kleid zwischen den Bäumen des Gartens schimmern. Aber im gleichen Augenblick schlug Anton auf die Pferde ein und sauste, dem Ehrgeize folgend, der allen ländlichen Kutschern und Fuhrleuten eigen ist, über die Brücke und am Garten vorbei. Als sie das Gut hinter sich hatten und einen Hügel hinaufgefahren waren und Wladimir ein Birkenwäldchen und links davon ein kleines graues Häuschen mit rotem

Dache erblickte, fing sein Herz schneller zu schlagen an – vor ihm lag Kistenjowka mit dem ärmlichen Hause seines Vaters.

Nach zehn Minuten fuhr er schon in den Gutshof ein. Mit unbeschreiblicher Erregung blickte er um sich: zwölf Jahre hatte er seine Heimat nicht gesehen. Die Birken, die man zu seiner Zeit längs des Zaunes gepflanzt hatte, waren gewachsen und zu großen schattigen Bäumen geworden. Der Hof, den früher drei regelmäßig angelegte Blumenbeete schmückten, zwischen denen ein breiter, sorgfältig gekehrter Weg führte, war jetzt in eine ungemähte Wiese verwandelt, auf der ein gekoppeltes Pferd weidete. Die Hunde fingen schon zu bellen an, verstummten aber und wedelten mit den buschigen Schwänzen, als sie Anton erkannten. Die Leute liefen aus den Gesindegebäuden heraus und umringten den jungen Herrn mit lauten freudigen Ausrufen. Nur mit Mühe konnte er sich durch die dienstfertige Schar hindurchdrängen und die morsche Freitreppe hinauflaufen. Im Flur empfing ihn Jegorowna, die weinend ihren einstigen Pflegling umarmte. –»Guten Tag, guten Tag, Kinderfrau,« wiederholte er, die gute Alte an sein Herz drückend: »Wie geht es Väterchen, wo ist er? Was macht er?« – In diesem Augenblick trat ein großgewachsener, blasser und hagerer Greis, in Schlafrock und Nachtmütze, mit Mühe die Beine bewegend, in den Saal. – »Wo ist denn Wolodjka?« fragte er mit schwacher Stimme, und Wladimir umarmte voller Inbrunst seinen Vater. Die Freude hatte den Kranken zu stark erschüttert: er wurde plötzlich schwach, seine Beine knickten ein, und er wäre wohl hingefallen, wenn sein Sohn ihn nicht gestützt hätte. »Warum bist du vom Bett aufgestanden,« sagte ihm Jegorowna: »Er kann nicht mal stehen, will aber immer hin, wo die anderen Menschen sind.« Man trug den Alten ins Schlafzimmer. Er wollte mit dem Sohne sprechen, aber seine Gedanken gerieten durcheinander, und seine Worte hatten keinen Zusammenhang. Er verstummte und versank in einen Schlummer. Der Zustand des Vaters hatte Wladimir erschüttert. Er folgte ihm in sein Schlafzimmer und bat, ihn mit seinem Vater allein zu lassen. Das Hausgesinde gehorchte; alle wandten sich nun Grischa zu und führten ihn in die Gesindestube, wo man ihn erst ordentlich mit Fragen und Begrüßungen quälte und dann auf ländliche Weise mit größter Gastfreundschaft bewirtete.

Viertes Kapitel

Einige Tage nach seiner Ankunft wollte der junge Dubrowskij die geschäftliche Lage kennen lernen, aber der Vater war nicht mehr imstande, ihm die nötigen Erklärungen zu geben; Andrej Gawrilowitsch hatte auch keinen Bevollmächtigten. Bei der Durchsicht der Papiere fand Dubrowskij nur den ersten Brief des Assessors und den Entwurf zu der Antwort auf diesen. Daraus konnte er keine klare Vorstellung vom Prozeß bekommen und entschloß sich, im Vertrauen auf die gerechte Sache, die Folgen ruhig abzuwarten.

Der Zustand Andrej Gawrilowitschs verschlechterte sich indes von Stunde zu Stunde. Wladimir sah schon seine baldige Auflösung voraus und wich nicht von der Seite des Vaters, der vollkommen kindisch geworden war.

Indessen war die vorgeschriebene Frist verstrichen, und eine Berufung war nicht eingelegt worden. Kistenjowka gehörte Trojekurow. Schabaschkin kam zu ihm mit untertänigsten Glückwünschen und der Bitte, bestimmen zu wollen,»wann Euer Exzellenz belieben, den Besitz des neuerworbenen Gutes anzutreten, sei es in eigener Person, sei es durch einen bevollmächtigten Vertreter«. Kirila Petrowitsch fühlte sich etwas verlegen. Von Natur war er gar nicht habgierig; er hatte sich von der Rachsucht zu weit hinreißen lassen, und sein Gewissen murrte. Er wußte, in welchem Zustande sich sein Gegner und alter Jugendfreund befand, und der Sieg freute ihn nicht. Er sah Schabaschkin drohend an und bemühte sich, einen Grund zu finden, um ihn zu schelten; da er aber keinen genügenden Grund finden konnte, sagte er böse:»Geh' weg, ich hab' für dich keine Zeit!« Als Schabaschkin sah, daß er schlechter Laune war, verbeugte er sich und eilte hinaus; aber Kirila Petrowitsch begann auf und ab zu gehen und dabei den Marsch zu pfeifen:»Laut erdröhne Siegesjubel«, was bei ihm immer ein Zeichen heftiger innerer Stürme war. Schließlich ließ er einen Jagdwagen anspannen, kleidete sich warm an (es war schon Ende September), ergriff selbst die Zügel und fuhr aus.

Bald erblickte er das Häuschen Andrej Gawrilowitschs. Die widerstrebendsten Gefühle erfüllten seine Seele. Die befriedigte Rachlust und Herrschsucht erstickten bis zu einem gewissen Grade die edleren Regungen, aber die letzteren siegten schließlich doch. Er war entschlossen,. sich mit seinem alten Nachbarn zu versöhnen, alle Spuren des Streites zu vernichten und ihm seinen Besitz wiederzugeben. Als Kirila Petrowitsch seine Seele durch diesen Entschluß erleichtert hatte, ließ er sein Pferd Trab laufen und fuhr auf den Gutshof.

Der Kranke saß zu dieser Zeit am Fenster des Schlafzimmers. Er erkannte Kirila Petrowitsch, und eine furchtbare Erregung zeigte sich aus seinem Gesicht: Ein tiefes Rot trat an Stelle der gewöhnlichen Blässe, die Augen funkelten, er gab unverständliche Laute von sich. Sein Sohn, der bei ihm, mit den Rechnungsbüchern beschäftigt, saß, hob den Kopf und erschrak über den Zustand des Vaters. Der Kranke zeigte mit dem Finger zornig und erschrocken auf den Hof. In diesem Augenblick erklangen die schweren Schritte und die Stimme Jegorownas:»Herr, Herr! Kirila Petrowitsch ist gekommen, Kirila Petrowitsch hält vor dem Hause!« Jegorowna fuhr erschrocken fort:»Mein Gott, was ist denn das? Was ist mit ihm geschehen?« Der Alte raffte eilig die Schöße seines Schlafrockes zusammen, um von seinem Sessel aufzustehen, erhob sich ein wenig – und fiel plötzlich zu Boden. Der Sohn stürzte zu ihm hin; der Alte lag unbeweglich, bewußtlos, ohne zu atmen: der Schlag hatte ihn gerührt.»Schnell, schnell, in die Stadt, nach einem Arzt!« schrie Wladimir. – »Kirila Petrowitsch möchte Sie sprechen,« meldete ein eintretender Diener. Wladimir warf ihm einen furchtbaren Blick zu. »Sag' Kirila Petrowitsch, er soll sich sofort scheren, sonst lasse ich ihn hinauswerfen ... marsch!« Der Diener eilte freudig hinaus, um den Befehl seines Herrn auszuführen. Jegorowna schlug die Hände zusammen.»Väterchen,« rief sie mit weinerlicher Stimme,»du wirst dich zugrunde richten! Kirila Petrowitsch wird uns alle auffressen.« – »Schweig', Kinderfrau,« sagte Wladimir zornig.»Schicke sofort Anton in die Stadt nach einem Arzt.« Jegorowna ging hinaus. Im Vorzimmer war niemand mehr, alle Leute waren hinausgelaufen, um Kirila Petrowitsch zu sehen. Die Alte ging auf die Freitreppe hinaus und hörte die Antwort, die der Diener dem im Namen des jungen Herrn gab. Kirila Petrowitsch hörte, in seinem Wagen sitzend, den Diener an; sein Gesicht wurde finsterer als die Nacht; er lächelte verächtlich, blickte das Gesinde drohend an und fuhr im Schritt vom Hofe. Er sah zum Fenster hinauf, an dem soeben Andrej Gawrilowitsch gesessen hatte; jetzt war aber niemand mehr da. Die Kinderfrau hatte den Befehl ihres Herrn vergessen und stand noch immer auf der Treppe. Das Gesinde besprach laut das Ereignis. Plötzlich erschien Wladimir unter den Leuten und sagte mit zitternder Stimme: »Der Arzt ist nicht mehr nötig, Väterchen ist verschieden.« Es entstand eine Verwirrung. Die Leute stürzten ins Zimmer des alten Herrn. Er lag im Lehnstuhl, auf den ihn Wladimir gebracht hatte; die rechte Hand hing zu Boden herab, der Kopf war auf die Brust gesenkt, kein Lebenszeichen war in diesem noch nicht erkalteten, aber durch den Tod schon entstellten Körper zu sehen. Jegorowna schluchzte laut; die Diener umringten den ihrer Fürsorge anvertrauten Leichnam, wuschen ihn, bekleideten ihn mit der noch im Jahre 1797 genähten Uniform und legten ihn auf denselben Tisch, an dem sie so viele Jahre ihren Herrn bedient hatten.

Fünftes Kapitel

Die Beerdigung fand am dritten Tage statt. Die Leiche des armen Greises lag, von einem Bahrtuch bedeckt und von Kerzen umgeben, auf dem Tische. Das Eßzimmer war von Leibeigenen angefüllt, die ihr das letzte Geleite geben wollten. Wladimir und die Diener hoben den Sarg.

Der Geistliche ging voran, und der Küster folgte ihm, Beerdigungslieder singend. Der Herr von Kistenjowka verließ zum letztenmal sein Haus. Der Sarg wurde durch das Wäldchen getragen, hinter dem sich die Kirche befand. Es war ein heiterer und kalter Tag; das Herbstlaub fiel von den Bäumen. Als sie das Wäldchen durchschritten hatten, erblickten sie die Holzkirche von Kistenjowka und den von alten Linden beschatteten Friedhof. Hier ruhte die verstorbene Mutter Wladimirs; neben ihrem Grabe war am Tage vorher ein neues Grab geschaufelt worden. Die Kirche war voll von Bauern, die gekommen waren, um ihrem Herrn die letzte Ehre zu erweisen. Der junge Dubrowskij stand im Chor; er weinte nicht und betete nicht, aber sein Gesicht war entsetzlich. Die Trauerzeremonie war beendet. Wladimir trat als erster an den Sarg, um von der Leiche Abschied zu nehmen. Ihm folgten alle Leibeigenen. Dann brachte man den Deckel und nagelte den Sarg zu. Die Weiber weinten laut, die Männer wischten sich oft mit der Faust die Tränen aus den Augen. Wladimir und die gleichen drei Diener trugen den Sarg, vom ganzen Dorfe begleitet, auf den Friedhof. Man versenkte ihn ins Grab, alle Anwesenden warfen eine Handvoll Erde hinab, das Grab wurde zugeschüttet, alle verbeugten sich noch einmal vor dem Hügel und begaben sich nach Hause. Wladimir verließ schnell den Friedhof und verschwand, alle Leidtragenden überholend, im Wäldchen von Kistenjowka. Jegorowna lud in seinem Namen den Geistlichen, den Küster und die ganze Klerisei zum Trauermahl ein und erklärte allen, daß der junge Herr demselben nicht beiwohnen würde. So gingen der Pope P. Onissim, seine Frau Fjodorowna und der Küster zu Fuß auf den Gutshof und sprachen unterwegs mit Jegorowna von den Tugenden des Verstorbenen und von den Dingen, die seinen Erben zu erwarten schienen. (Der Besuch Trojekurows und der Empfang, der ihm zuteil geworden war, waren schon in der ganzen Nachbarschaft bekannt geworden, und die Dorfpolitiker prophezeiten die ernstesten Folgen.)

»Was auch kommen mag,« sagte die Popenfrau, »es wär' schade, wenn wir nicht Wladimir Andrejewitsch zum Herrn bekämen. Denn er ist ein trefflicher junger Mann, das muß ich sagen.«

»Wer soll denn unser Herr sein, wenn nicht er?« unterbrach sie Jegorowna. »Kirila Petrowitsch regt sich vergebens auf, er hat es nicht mit einem Feigling zu tun. Mein junger Falke wird schon selbst für sich eintreten können, auch Gott wird ihm beistehen, und seine Wohltäter werden ihn auch nicht im Stich lassen. Viel zu stolz ist dieser Kirila Petrowitsch! Wie er aber den Schwanz eingezogen hat, als unser Grischa ihn anschrie: ›Hinaus, alter Hund!.. Fort von hier!'« »Ach, Jegorowna,« versetzte der Küster, »wie hat es Grigorij bloß über die Lippen gebracht? Ich glaube, ich entschließe mich eher, den Bischof um etwas zu bitten, als Kirila Petrowitsch scheel anzusehen. Wenn man ihn bloß anblickt, befällt einen Furcht und Schrecken! Und der Rücken beugt sich ganz von selbst...«

»Es ist alles eitel!« sagte der Geistliche. »Auch dem Kirila Petrowitsch wird man einst die ewige Ruhe singen, wie heute Andrej Gawrilowitsch. Höchstens wird die Beerdigung prunkvoller sein und man wird auch mehr Gäste zusammenrufen, aber vor Gott ist das ganz gleich.« »Ach, Väterchen, auch wir hatten es vor, die ganze Nachbarschaft einzuladen, aber Wladimir Andrejewitsch wollte es nicht. Wir haben von allem genug, um viele Gäste zu bewirten, aber was soll man machen? Wir haben nur wenig Gäste, aber ich werde wenigstens euch gut bewirten, meine Lieben.« Dieses freundliche

Versprechen und die Hoffnung, einen schmackhaften Kuchen vor-
zufinden, beschleunigten die Schritte der Gesellschaft, und alle
erreichten bald glücklich das Herrenhaus, wo der Tisch schon gedeckt war und der Branntwein bereit stand.

Wladimir drang indessen immer tiefer ins Dickicht ein und suchte seinen Seelenschmerz durch Bewegung und Ermüdung zu be-
täuben. Er ging, ohne auf den Weg zu achten; die Zweige streiften
ihn jeden Augenblick und zerkratzten ihm Gesicht und Hände,
seine Füße sanken immer in den Morast ein, – er merkte es nicht.
Endlich erreichte er eine kleine, rings vom Walde umgebene Lichtung; ein Bächlein schlängelte sich lautlos zwischen den Bäumen
dahin, die der Herbst schon halb entblößt hatte. Wladimir machte
halt, setzte sich auf den kalten Rasen, und Gedanken, einer düsterer
als der andere, drängten sich in seinem Herzen... Er fühlte seine
bedrückende Einsamkeit, und die Zukunft erschien ihm von dro-
henden Wolken verhüllt. Der Streit mit Trojekurow verhieß ihm
neues Unheil. Sein ärmlicher Besitz konnte leicht in fremde Hände
übergehen; in diesem Falle erwartete ihn der Bettelstab. Lange saß
er regungslos auf dem gleichen Platz da, verfolgte mit den Blicken
den langsamen Lauf des Baches, der einzelne welke Blätter mit sich
forttrug, und empfand darin lebhaft die Ähnlichkeit mit dem Leben,
sah ein so treues und gewöhnliches Abbild des Lebens. Endlich
merkte er, daß es schon dunkelte; er stand auf, um nach dem Wege
zu suchen. Lange irrte er in dem ihm unbekannten Walde umher,
bis er endlich auf einen Pfad geriet, der ihn gerade zum Tore seines
Hauses führte. Unterwegs traf er den Popen mit der ganzen Klerisei. Ihm kam der Gedanke, daß eine solche Begegnung nach dem
Volksglauben glückverheißend sei. Unwillkürlich bog er vom Wege
ab und verschwand hinter den Bäumen.

Sie bemerkten ihn nicht und sprachen eifrig miteinander. »Meidet
das Böse und tut Gutes,« sagte der Pope zu seiner Frau. »Was sollen
wir noch länger hier bleiben? Es ist nicht deine Sorge, wie die Sache
ausgeht.« Die Popenfrau entgegnete etwas, aber Wladimir konnte es
nicht hören.

Als er sich seinem Hause näherte, erblickte er eine Menge Menschen: viele Bauern und das Hausgesinde drängten sich auf dem
Gutshofe. Wladimir vernahm schon aus der Ferne ein lautes Ge-

murmel. Vor dem Schuppen warteten zwei Troikas. Auf der Treppe standen einige unbekannte Männer in Uniformröcken, die mit großem Eifer zu sprechen schienen.»Was hat das zu bedeuten?« fragte er zornig Anton, der ihm entgegeneilte:»Was sind das für Menschen und was wollen sie hier?« – »Ach, Väterchen Wladimir Andrejewitsch,« antwortete der Alte ganz atemlos:»das Gericht ist da. Man übergibt uns dem Trojekurow, man nimmt uns dir weg!« Wladimir ließ den Kopf hängen; die Leibeigenen umringten ihren unglücklichen Herrn.»Unser Vater,« riefen sie, ihm die Hände küssend:»wir wollen keinen anderen Herrn als dich. Wir sterben lieber, als daß wir dich im Stich lassen. Befehle es uns nur, Herr, wir werden mit dem Gericht schon fertig werden.« Wladimir sah sie an, und düstere Gefühle erfüllten sein Herz.»Seid ruhig,« sagte er ihnen,»ich will mit den Beamten sprechen.«»Sprich mit ihnen, Väterchen,« rief man ihm aus der Menge zu,»rede doch den Verdammten ins Gewissen.« Wladimir ging auf die Beamten zu. Schabaschkin stand mit der Mütze auf dem Kopfe, die Hände in die Hüften gestemmt, und blickte stolz um sich. Der Isprawnik, ein großer dicker Mann von etwa fünfzig Jahren mit rotem Gesicht und Schnurrbart, räusperte sieh, als er Dubrowskij kommen sah, und sagte mit heiserer Stimme:»Ich wiederhole also nochmals, was ich schon gesagt habe: auf Beschluß des Preisgerichts gehört ihr von nun an Kirila Petrowitsch Trojekurow, der hier von Herrn Schabaschkin vertreten wird. Gehorcht ihm in allen Dingen, was er euch befehlen wird; aber ihr Weiber, liebt und ehrt ihn ganz besonders, denn er hat für euch eine besondere Vorliebe.« Nach diesem geistreichen Witze lachte der Isprawnik laut auf. Schabaschkin und die übrigen Mitglieder der Gerichtskommission folgten seinem Beispiel. Wladimir schäumte vor Wut.»Darf ich fragen, was das zu bedeuten hat?« fragte er mit gekünstelter Ruhe den lustigen Isprawnik. – »Das hat zu bedeuten,« antwortete der witzige Beamte, »daß wir hergekommen sind, um Kirila Petrowitsch Trojekurow in den Besitz dieses Gutes einzuweisen, und alle anderen bitten, gutwillig zu verschwinden.«

»Ich glaube aber, Sie hätten sich zuvor an mich und nicht an meine Bauern wenden sollen, um mir von der Entziehung meines Besitzes Mitteilung zu machen...«»Der ehemalige Gutsbesitzer Andrej Gawrilowitsch Dubrowskij ist nach Gottes Ratschluß gestorben; wer aber bist du?« fragte Schabaschkin mit frechem Blick. »Wir kennen Sie nicht und wollen Sie auch nicht kennen.« »Euer Wohlgeboren, es ist unser junger Herr,« rief eine Stimme aus der Menge: »Es ist Wladimir Andrejewitsch!« »Wer wagt es, den Mund aufzutun?!« sagte der Isprawnik streng. »Was für ein Herr? Was für ein Wladimir Andrejewitsch? Euer Herr ist Kirila Petrowitsch Trojekurow ... hört ihr es, ihr Narren?« »Unsinn!« rief die gleiche Stimme. »Das ist ja Aufruhr!« schrie der Isprawnik. »He, Gemeindeältester!«

Der Gemeindeälteste trat vor.

»Finde mir sofort den, der es gewagt hat, mit mir reden; ich werde ihm schon zeigen!...«

Der Gemeindeälteste wandte sich an die Menge und fragte, wer da gesprochen habe. Aber alle schwiegen. Bald erhob sich in den hinteren Reihen ein Murren, es wurde immer lauter und verwandelte sich nach einer Minute in ein fürchterliches Geschrei. Der Isprawnik dämpfte seine Stimme und versuchte die Leute zu beschwichtigen...

»Was wollt ihr auf ihn noch hören,« schrieen die Leibeigenen: »Kinder, packt sie!« Und die Menge rückte gegen die Beamten vor. Schabaschkin und die Kommissionsmitglieder stürzten schnell in den Hausflur und verschlossen hinter sich die Tür. »Kinder, los!« schrie die gleiche Stimme, und die Menge drängte vorwärts. »Halt!« schrie Dubrowskij: »Dummköpfe! Was fällt euch ein? Ihr richtet euch und mich zugrunde. Geht nach Hause und laßt mich in Ruhe. Habt keine Angst: der Kaiser ist gnädig; ich werde ihn bitten, er wird uns die Hilfe nicht versagen, wir alle sind seine Kinder; wie soll er aber für euch eintreten, wenn ihr euch wie Aufrührer und Räuber gebärdet?«

Die Rede des jungen Dubrowskij, seine laute Stimme und sein gebieterisches Auftreten hatten den gewünschten Erfolg. Die Bauern beruhigten sich und gingen nach Hause; der Hof leerte sich, die Kommissionsmitglieder saßen im Hause. Wladimir ging traurig die Stufen hinauf. Schabaschkin öffnete die Tür und fing an, Dubrowskij unter tiefen Verbeugungen für sein gnädiges Einschreiten zu danken.

Wladimir hörte ihn mit Verachtung an und antwortete nichts. »Wir haben beschlossen,« fuhr der Assessor fort, »mit Ihrer Erlaubnis hier über Nacht zu bleiben; denn es ist dunkel, und die Bauern können uns auf dem Wege überfallen. Erweisen Sie uns die Gnade und lassen Sie uns wenigstens etwas Heu ins Wohnzimmer bringen; bei Tagesanbruch fahren wir heim.«

»Tun Sie, was Sie wollen,« antwortete ihnen Dubrowskij trocken. »Ich bin hier nicht mehr der Herr.«

Mit diesen Worten zog er sich in das Zimmer seines Vaters zurück und schloß hinter sich die Tür.

Sechstes Kapitel

»Also ist alles zu Ende!« sagte sich Wladimir. »Am Morgen besaß ich noch ein Obdach und ein Stück Brot, und morgen muß ich das Haus verlassen, in dem ich geboren bin. Mein Vater, die Erde, in der er ruht, wird dem verhaßten Menschen, der seinen Tod und mein Elend verschuldet hat, gehören!« Wladimir biß die Zähne zusammen, und sein Blick heftete sich auf das Bild seiner Mutter. Der Künstler hatte sie an ein Geländer gelehnt dargestellt, in einem weißen Morgenkleid mit einer Rose im Haar. »Auch dieses Bild wird dem Feinde meiner Familie zufallen,« dachte sich Wladimir, »es wird zusammen mit zerbrochenen Stühlen in die Rumpelkammer kommen oder vielleicht im Vorzimmer aufgehängt werden, als Gegenstand des Spottes und der Witze seiner Pikeure; aber in ihrem Schlafzimmer, im Sterbezimmer meinem Vaters wird sein Verwalter wohnen oder sich sein Harem befinden. Nein, nein! das traurige Haus, aus dem er mich vertreibt, darf ihm nicht gehören.« Wladimir knirschte mit den Zähnen, schreckliche Gedanken regten sich in ihm. Die Stimmen der Beamten drangen zu ihm herein: sie wirtschafteten wie die Herren im Hause, verlangten bald dieses, bald jenes und störten aus die unangenehmste Weise seine traurigen Gedanken. Endlich war alles still. Wladimir öffnete die Kommoden und Schubläden und begann die Papiere des Verstorbenen zu sichten. Sie bestanden zum größten Teil aus Wirtschaftsrechnungen und geschäftlichen Korrespondenzen. Wladimir zerriß sie, ohne sie zu lesen. Unter ihnen fiel ihm ein Paket in die Hand mit der Aufschrift: »Briefe meiner Frau.« Tief bewegt sah Wladimir sie durch; sie waren während der türkischen Kampagne geschrieben worden und aus Kistenjowka ins Feld adressiert. Sie beschrieb darin ihr einsames Leben und die wirtschaftlichen Sorgen, beklagte sich mit den zärtlichsten Gefühlen über die Trennung und rief ihn nach Hause, in die Arme der liebenden Lebensgefährtin. In einem der Briefe äußerte sie ihre Besorgnis wegen der Gesundheit des kleinen Wladimir; in einem anderen freute sie sich über seine frühentwickelten Fähigkeiten und prophezeite ihm eine glückliche und glänzende Zukunft. Wladimir vertiefte sich mit der ganzen Seele in diese Welt des Familienglücks, vergaß die Gegenwart und merkte gar nicht, wie die Zeit verging: die Wanduhr schlug elf. Wladimir steckte die Briefe in die Tasche, nahm eine Kerze und verließ das Kabinett. Im Saale schliefen die Beamten auf dem Fußboden. Auf dem Tische standen die von ihnen geleerten Gläser, und im ganzen Zimmer roch es stark nach Rum. Wladimir ging mit Ekel an ihnen vorbei ins Vorzimmer. Hier war es dunkel. Als Wladimir mit der Kerze erschien, stürzte jemand in eine Ecke. Wladimir ging mit der Kerze auf ihn zu und erkannte den Schmied Archiv. »Was willst du hier?« fragte er erstaunt.

»Ich wollte ... ich kam nur nachzugehen, ob alle zu Hause sind,« antwortete Archip leise und stockend. »Und warum hast du dein Beil bei dir?«

Wozu ich das Beil habe? Kann man denn heute ohne ein Beil ausgehen? Diese Beamten sind solche Verbrecher, daß man sich in Acht nehmen muß...«

»Du bist betrunken. Laß das Beil und geh', schlaf dich aus.«

»Ich bin betrunken? Väterchen Wladimir Andrejewitsch, Gott ist mein Zeuge, ich habe nicht einen Tropfen im Munde gehabt ... und wie könnte ich auch an den Schnaps bloß denken? Ist es nicht unerhört; die Beamten wollen uns in ihre Gewalt bekommen, die Beamten treiben unsere Herrschaft aus dem Hause... Wie sie da schnarchen, die Verdammten; man müßte allen auf einmal den Garaus machen, und kein Mensch würde es erfahren.« Dubrowskij machte ein finsteres Gesicht.

»Hör' mal, Archip,« sagte er nach einem Schweigen. »Schlage dir das aus dem Kopfe, die Beamten haben keine Schuld. Zünde die Laterne an und komm' mit mir.« Archip nahm die Kerze aus der Hand seines Herrn, suchte hinter dem Ofen die Laterne hervor, zündete sie an, und beide stiegen leise die Treppe hinunter und gingen über den Hof. Die Wache schlug, als sie sie gehen hörte, auf ein gußeisernes Brett; die Hunde bellten. »Wer hat heute die Nachtwache?« fragte Dubrowskij. – »Wir, Väterchen,« antwortete eine hohe Stimme, »Wassilissa und Lukerja.« – »Geht nach Hause,« sagte ihnen Dubrowskij, »ihr seid nicht mehr nötig.« – »Es ist Feierabend!« fügte Archip hinzu. – »Wir danken dir, Wohltäter,« antworteten die Weiber und gingen sofort nach Hause. Dubrowskij ging weiter. Zwei Menschen näherten sich ihm und riefen ihn an; Dubrowskij erkannte die Stimmen Antons und Grischas – »Warum schlaft ihr nicht?« fragte er sie. – »Wie können wir schlafen,« antwortete Anton. »Was wir jetzt erleben müssen, wer hätte es wohl gedacht...«

»Still!« unterbrach ihn Dubrowskij. »Wo ist Jegorowna?« »Im Herrenhause, in ihrer Kammer,« antwortete Grischa. »Geh', bringe sie her und führe alle unsere Leute aus dem Hause, damit außer den Beamten keine Menschenseele darin bleibt; und du, Anton, spanne den Wagen an.« Grischa ging und kam nach einer Minute mit seiner Mutter wieder. Die Alte hatte sich in dieser Nacht nicht ausgezogen; außer den Beamten hatte im ganzen Haus niemand ein Auge geschlossen.

»Seid ihr alle hier?« fragte Dubrowskij. »Ist niemand im Hause geblieben?«

»Niemand außer den Beamten,« antwortete Grischa. »Bringt jetzt Heu und Stroh her,« befahl Dubrowskij. Die Leute liefen in den Stall und kehrten mit Heubündeln zurück.

»Legt es unter die Treppe, ja, so. Nun, Kinder, gebt mir Feuer!«

Archip öffnete die Laterne, Dubrowskij zündete einen Span an.

»Wart',« sagte er zu Archip. »Ich glaube, ich habe in der Eile die Tür im Vorzimmer verschlossen; geh' und öffne sie schnell.«

Archip lief in den Flur, die Tür war offen. Archip drehte den Schlüssel um und sagte leise vor sich hin: »Ja, warum nicht gar, öffnen!« Und er kehrte zu Dubrowskij zurück.

Dubrowskij legte den Span an, das Heu loderte auf, die Flamme schlug empor und erleuchtete den ganzen Hof. »Ach, du lieber

Himmel!« jammerte Jegorowna. »Wladimir Andrejewitsch, was machst du!«»Schweig'!«« antwortete Dubrowskij. »Nun, Kinder, lebt wohl! Ich gehe, wohin mich Gott führen wird. Seid glücklich mit eurem neuen Herrn.«

»Unser Vater und Wohltäter,« riefen die Leute, »wir sterben, aber wir verlassen dich nicht, wir gehen mit dir!« Die Pferde waren angespannt. Dubrowskij setzte sich mit Grischa in den Wagen; Anton schlug auf die Pferde ein, und sie fuhren aus dem Hofe.

In diesem Augenblick erfaßte das Feuer das ganze Haus. Die Fußböden fielen krachend ein, lodernde Balken stürzten zu Boden; roter Rauch erhob sich über dem Dache; es ertönte klägliches Geschrei: »Zur Hilfe, zur Hilfe!«– »Warum nicht gar!« sagte Archip, der mit boshaftem Lächeln der Feuersbrunft zusah. – »Lieber Archip,« sagte ihm Jegorowna: »Rette, rette sie, die Verfluchten. Gott wird es dir lohnen!«– »Warum nicht gar!« antwortete der Schmied. Jetzt erschienen die Beamten in den Fenstern und bemühten sich, die doppelten Fensterrahmen zu zerbrechen. Aber im gleichen Augenblick stürzte das Dach mit lautem Krachen ein, und die Schreie verstummten. Bald war das ganze Gesinde im Hofe versammelt. Die Weiber retteten schreiend ihre Habe, und die Kinder hüpften umher und freuten sich über das Feuer. Die Funken wirbelten wie ein feuriges Schneegestöber durch die Luft, und die Bauernhäuser fingen Feuer. »Jetzt ist alles gut!« sagte Archip. »Wie schön es brennt! Man wird es wohl aus Pokrowskoje gut sehen können.« In diesem Augenblick zog eine neue Erscheinung ihre Aufmerksamkeit auf sich: auf dem Dach der brennenden Scheune lief eine Katze hin und her und wußte nicht, wohin sie abspringen sollte. Von allen Seiten umgaben sie die Flammen. Das arme Tier rief mit kläglichem Miauen um Hilfe; die kleinen Jungen wälzten sich vor Lachen, als sie seine Verzweigung sahen. »Was lacht ihr, Teufelsjungen,« sagte böse der Schmied: »Ihr fürchtet nicht: ein Geschöpf Gottes geht zugrunde, und ihr Narren freut euch darüber.« Und er lehnte eine Leiter an das brennende Dach und kletterte hinauf, um die Katze zu holen; sie verstand seine Absicht und krallte sich dankbar und hastig in seinen Ärmel. Der halbversengte Schmied kletterte mit seiner Beute hinunter. »Nun, Kinder, lebt wohl,« sagte er dem bestürzten Gesinde. »Ich habe hier nichts mehr zu suchen, ich wünsche euch jedes Glück, bewahrt mich in gutem Andenken.« Der Schmied verschwand; der Brand wütete noch einige Zeit und hörte allmählich auf; Haufen von Kohlenglut ohne Flamme leuchteten hell im Dunkel der Nacht; die abgebrannten Bauern von Kistenjowka irrten um die Brandstätte herum.

Siebentes Kapitel

Am anderen Tage verbreitete sich die Nachricht von der Feuersbrunst in der ganzen Umgegend. Alle sprachen davon, und ein jeder suchte sich das Ereignis auf seine Art zu erklären. Die einen behaupteten, daß die Bauern sich nach der Beerdigung betrunken und das Haus aus Unvorsichtigkeit angezündet hätten; andere beschuldigten die Beamten, die sich bei der Feier des Besitzwechsels berauscht hätten. Manche ahnten den wahren Sachverhalt und versicherten, Dubrowskij selbst hätte, von Zorn und Verzweiflung getrieben, das schreckliche Unglück verschuldet. Viele behaupteten, er sei selbst mit den Beamten und den Dienern verbrannt. Trojekurow kam am nächsten Tage auf die Brandstätte und leitete selbst die Untersuchung ein. Es zeigte sich, daß der Isprawnik, der Assessor am Landgericht, der Anwalt und der Gerichtsschreiber, ebenso auch Wladimir Dubrowskij, die Kinderfrau Jegorowna, der Diener Grigorij, der Kutscher Anton und der Schmied spurlos verschwunden waren.

Alle Leibeigenen sagten aus, daß die Beamten nach dem Einsturz des Daches verbrannt wären. Ihre verkohlten Knochen wurden aus der Asche gegraben. Die Weiber Wassilissa und Lukerja sagten, daß sie Dubrowskij und den Schmied Archip einige Minuten vor der Feuersbrunst gesehen hätten. Der Schmied Archip war, wie alle einstimmig bestätigten, am Leben geblieben; wahrscheinlich sei er der Haupttäter, wenn nicht einzige Brandstifter gewesen. Auch gegen Dubrowskij lag starker Verdacht vor. Kirila Petrowitsch sandte dem Gouverneur einen genauen Bericht über das ganze Ereignis, und so begann eine neue Untersuchung.

Bald daraus gaben andere Gerüchte der Neugier und dem Gerede neuen Stoff. Eine Räuberbande war aufgetaucht, die in der ganzen Umgegend Schrecken verbreitete. Die von den Behörden ergriffenen Maßregeln erwiesen sich als ungenügend. Raubanfälle, einer erstaunlicher als der andere, folgten aufeinander. Weder auf den Landstraßen, noch in den Dörfern war man sicher. Räuber fuhren am hellichten Tage in einigen Troikas im ganzen Gouvernement herum, überfielen die Reisenden und die Post, kamen in die Dörfer, raubten die Herrenhäuser aus und steckten sie in Brand. Der Anführer der Bande zeichnete sich durch Klugheit, Kühnheit und sogar eine eigentümliche Großmut aus. Man erzählte sich von ihm Wunderdinge. Dubrowskijs Name war in aller Munde; alle waren überzeugt, daß er und kein anderer der Anführer der kühnen Räuber sei. Man wunderte sich nur über einen Umstand: Trojekurows Besitz blieb verschont; die Räuber hatten keine seiner Scheunen geplündert und keine seiner Fuhren angehalten. Trojekurow erklärte in seiner gewohnten Anmaßung diese Ausnahme mit der Furcht, die er dem ganzen Gouvernement eingejagt zu haben glaubte, ebenso mit der guten Polizei, die er auf seinen Besitztümern eingeführt hatte. Die Nachbarn lachten anfangs über die Einbildung Trojekurows, und jeder erwartete, daß die ungebetenen Gäste auch Pokrowskoje besuchen würden, wo sie sich manches holen könnten; schließlich mußten aber alle zugeben, daß die Räuber vor ihm einen unerklärlichen Respekt hatten. Trojekurow triumphierte und erging sich bei jeder Nachricht über eine neue Heldentat Dubrowskijs in höhnischen Anspielungen über den Gouverneur, die Isprawniks und die militärischen Befehlshaber, denen Dubrowskij immer unbehelligt entschlüpfte.

Indessen kam der 1. Oktober heran, der Tag des Kirchweihfestes auf dem Gute Trojekurows. Bevor wir uns aber der Schilderung der weiteren Ereignisse zuwenden, müssen wir den Leser erst mit einigen Personen bekannt machen, die teils für ihn neu und teils nur flüchtig zu Beginn unserer Erzählung erwähnt worden sind.

Achtes Kapitel

Der Leser wird wohl schon erraten haben, daß die Tochter Kirila Petrowitschs, die wir bisher mit wenigen Worten erwähnt haben, die Heldin unserer Erzählung ist. In der von uns geschilderten Zeit war sie siebzehn Jahre alt, und ihre Schönheit stand in schönster Blüte. Ihr Vater liebte sie wahnsinnig, behandelte sie aber mit der ihm eigenen Willkür, indem er bald ihre geringsten Launen befriedigte und sie bald durch strenge, zuweilen sogar grausame Behandlung einschüchterte. Er war zwar von ihrer Anhänglichkeit überzeugt, konnte aber unmöglich ihr Vertrauen erwerben. Sie hatte sich gewöhnt, vor ihm alle ihre Gefühle und Gedanken zu verheimlichen, da sie niemals sicher wissen konnte, wie er sie aufnehmen würde. Sie hatte keine Freundinnen und war ganz einsam aufgewachsen. Die Frauen und Töchter der Nachbarn besuchten Kirila Petrowitsch nur selten, da seine gewöhnlichen Gespräche und Vergnügungen die Gesellschaft von Männern und nicht die Anwesenheit von Damen erforderten. Nur selten erschien unsere Schöne vor den Gästen, die bei Kirila Petrowitsch zechten. Die große Bibliothek, die zum größten Teil aus Werken französischer Schriftsteller des achtzehnten Jahrhunderts bestand, war ganz ihrer Benutzung freigelassen. Ihr Vater, der noch nie ein Buch mit Ausnahme der »Perfekten Köchin« in der Hand gehabt hatte, konnte die Auswahl ihrer Lektüre nicht leiten, und Mascha wandte sich natürlicherweise, nachdem sie Werke aller Art durchblättert hatte, den Romanen zu. Aus diese Weise vollendete sie selbst ihre Erziehung, die einst unter der Leitung der Mademoiselle Mimi begonnen hatte; Kirila Petrowitsch hatte dieser Französin ein großes Zutrauen und Wohlwollen geschenkt und mußte sie endlich in aller Stille auf ein anderes Gut schicken, als die Folgen dieser Freundschaft allzu sichtbar wurden. Mademoiselle Mimi hatte ein recht gutes Andenken zurückgelassen. Sie war ein gutmütiges Wesen und hatte den Einfluß, den sie auf Kirila Petrowitsch auszuüben schien, nie mißbraucht, wodurch sie sich von allen anderen Favoritinnen auszeichnete, die er jeden Augenblick wechselte. Kirila Petrowitsch hatte sie anscheinend mehr als alle anderen geliebt, und der schwarzäugige muntere Junge von etwa neun Jahren, dessen Züge an das südländische Gesicht der Mademoiselle Mimi erinnerten, wurde in seinem Hause erzogen und als sein Sohn anerkannt, während eine Menge barfüßiger Jungen, die Kirila Petrowitsch ähnlich sahen wie ein Tropfen Wasser dem anderen und aus dem Hofe vor seinen Fenstern herumliefen, als gewöhnliche Bauernkinder galten. Kirila Petrowitsch verschrieb aus Moskau für seinen kleinen Sascha einen französischen Lehrer, der während der von uns geschilderten Ereignisse auf Pokrowskoje eintraf.

Dieser Lehrer gefiel Kirila Petrowitsch durch sein angenehmes Äußeres und seine bescheidenen Manieren. Er legte Kirila Petrowitsch Empfehlungen und den Brief eines der Verwandten Trojekurows vor, bei dem er vier Jahre als Hauslehrer gelebt hatte. Kirila

Petrowitsch sah sich diese Papiere an und war mit allem zufrieden; nur das jugendliche Alter des Franzosen paßte ihm nicht recht: nicht weil er etwa diesen angenehmen Fehler als mit der Geduld und Erfahrung, diesen für den so schwierigen Beruf eines Lehrers notwendigen Eigenschaften, unvereinbar hielte, sondern weil er seine eigenen Bedenken hatte, die er dem Lehrer sogleich mitzuteilen beschloß. Zu diesem Zweck ließ er Mascha kommen. (Kirila Petrowitsch verstand kein Französisch, und sie mußte ihm als Dolmetscher dienen.) »Komm mal her, Mascha, und sag' diesem Musje, daß ich ihn nehmen will, doch unter der Bedingung, daß er sich ja nicht untersteht, meinen Mädeln nachzustellen; sonst werde ich ihn, den Hundesohn ... übersetze es ihm, Mascha.«

Mascha errötete und sagte dem Lehrer auf französisch, daß ihr Vater hoffe, es mit einem bescheidenen und anständigen Menschen zu tun zu haben.

Der Franzose verbeugte sich vor ihr und erwiderte, er hoffe die Achtung ihres Vaters zu erwerben, selbst wenn er ihm sein Wohlwollen versagte. Mascha übersetzte diese Antwort wörtlich. »Gut, sehr gut!« sagte Kirila Petrowitsch. »Er braucht weder Achtung noch Wohlwollen. Seine Sache ist es, Sascha zu erziehen und in der Grammatik und Geographie zu unterrichten ... übersetze es ihm.« Marja Kirilowna milderte in ihrer Übersetzung die rohen Ausdrücke ihres Vaters, und Kirila Petrowitsch ließ seinen Franzosen ins Seitengebäude gehen, wo für ihn ein Zimmer vorbereitet war.

Die von allen möglichen aristokratischen Vorurteilen befangene Mascha schenkte dem jungen Franzosen gar keine Beachtung. Ein Lehrer war für sie eine Art Diener oder Handwerker, und die Diener und Handwerker waren in ihren Augen keine Männer. Sie merkte auch weder den Eindruck, den sie auf Monsieur Deforges gemacht hatte, noch seine Verwirrung, sein Zittern und die Veränderung seiner Stimme. Dann traf sie ihn einige Tage hintereinander sehr oft, würdigte ihn aber keiner großen Beachtung. Auf eine unerwartete Weise erhielt sie aber eine ganz andere Vorstellung von ihm. Auf dem Hofe Kirila Petrowitschs wurden gewöhnlich mehrere junge Bären gehalten, die zu den wichtigsten Belustigungen des Gutsherrn von Petrowskoje gehörten. In ihrer frühesten Jugend brachte man sie alltäglich ins Wohnzimmer, wo Kirila Petrowitsch sich mit ihnen stundenlang abgab und sie auf Katzen und Hunde hetzte. Als sie erwachsen waren, wurden sie an die Kette gelegt, um später gehetzt zu werden. Ab und zu führte man sie vor die Fenster des Herrenhauses und rollte ihnen ein leeres, mit Nägeln bespicktes Weinfaß vor die Füße; der Bär beschnüffelte erst das Faß, berührte es leise, zerstach sich die Tatzen, geriet in Wut, stieß es immer heftiger und heftiger, und der Schmerz wurde immer größer. Er geriet in Raserei und stürzte sich brüllend auf das Faß, bis man dem armen Tiere den Gegenstand seiner ohnmächtigen Wut entriß. Es kam auch vor, daß man zwei Bären vor einen Wagen spannte. in den man einige Gäste, ob sie wollten oder nicht, hineinsetzte, und sie dann ins freie Feld laufen ließ. Aber als bester Spaß galt bei Kirila Petrowitsch folgendes:

Man sperrte einen hungrigen Bären in ein leeres Zimmer und band ihn mit einem Strick an einen in die Mauer eingelassenen Ring. Der Strick war fast so lang, wie das Zimmer, so daß man nur in einer Ecke vor dem Überfall des gefährlichen Tieres geschützt war. Gewöhnlich brachte man einen Neuling vor die Tür dieses Zimmers, stieß ihn unvermutet zum Bären hinein, schloß die Tür und ließ das unglückliche Opfer mit dem zottigen Einsiedler allein. Der arme Gast fand, nachdem ihm schon ein Rockschoß abgerissen und eine Hand zerkratzt war, bald die sichere Ecke, mußte aber manchmal ganze drei Stunden lang an die Wand gedrückt stehen und zusehen, wie das wütende Tier zwei Schritte vor ihm herumsprang, sich auf die Hinterbeine stellte, brüllte und sich aus aller Kraft bemühte, die Ecke zu erreichen. Solcher Art waren die edlen Vergnügungen des russischen Landedelmanns! Einige Tage nach der Ankunft des Lehrers erinnerte sich Trojekurow seiner und faßte den Gedanken, ihn mit dem Bärenzimmer zu traktieren. Zu diesem Zweck ließ er ihn eines Morgens rufen und führte ihn durch einen dunklen Korridor; plötzlich öffnete sich eine Seitentür, zwei Diener stießen den Franzosen hinein und schlossen die Tür hinter ihm ab. Als der Lehrer zu sich gekommen war, erblickte er den Bären; das Tier schnaufte, beschnüffelte aus der Ferne den Gast, stellte sich plötzlich auf die Hinterbeine und ging auf ihn los... Der Franzose erschrak nicht, lief nicht davon und erwartete den Angriff. Der Bär kam näher; Deforges holte eine kleine Pistole aus der Tasche, legte sie dem hungrigen Tier an das Ohr und drückte ab.

Der Bär fiel hin Alle liefen zusammen, die Tür ging auf, Kirila Petrowitsch trat ins Zimmer, erstaunt den Ausgang seines Scherzes.

Kirila Petrowitsch wollte unbedingt Aufklärungen über diesen Fall haben. Wer hatte Deforges vor diesem Scherz, der ihm zugedacht war, gewarnt, und zu welchem Zweck trug er eine geladene Pistole bei sich? Er ließ Mascha rufen. Mascha eilte herbei und übersetzte dem Franzosen die Fragen ihres Vaters.

»Ich habe vom Bären vorher nichts gehört,« antwortete Deforges, »aber ich trage immer Pistolen bei mir, weil ich nicht die Absicht habe, Beleidigungen hinzunehmen, für die ich infolge meiner Stellung keine Genugtuung fordern kann.«

Mascha sah ihn erstaunt an und übersetzte seine Worte ihrem Vater. Kirila Petrowitsch antwortete nichts, ließ nur den Bären hinausschleppen und ihm das Fell abziehen; dann wandte er sich an seine Leute und sagte:»Welch ein tapferer Bursche, er hat sich nicht gefürchtet, bei Gott, er hat sich nicht gefürchtet!« Von nun an gewann er Deforges lieb und dachte nicht mehr daran, ihn auf die Probe zu stellen.

Aber dieser Vorfall machte einen noch größeren Eindruck aus Marja Kirilowna. Ihre Phantasie war mächtig erregt: sie hatte den toten Bären und Deforges gesehen, der ruhig vor ihm stand und ruhig mit ihr sprach. Sie hatte gesehen, daß Tapferkeit und stolzes Selbstbewußtsein nicht einem einzigen Stande eigen sind, und hatte von nun an vor dem jungen Lehrer Achtung, die von Tag zu Tag stieg. Unter ihnen stellten sich gewisse Beziehungen ein. Mascha hatte eine herrliche Stimme und große musikalische Begabung; Deforges erbot sich, ihr Musikunterricht zu geben. Nach alledem wird der Leser leicht erraten, daß Mascha sich in ihn verliebte, ohne es sich noch selbst einzugestehen.

Neuntes Kapitel

Die Gäste kamen schon am Vorabend des Festes nach Pokrowskoje; die einen stiegen im Herrenhause und in dessen Seitenflügeln ab, die anderen beim Verwalter, andere wiederum beim Geistlichen und bei den bemittelten Bauern; die Ställe waren angefüllt mit Pferden, die Höfe und Schuppen mit den verschiedensten Equipagen. Um neun Uhr früh läutete man zur Messe, und alle bewegten sich im Zuge zu der neuen steinernen Kirche, die Kirila Petrowitsch erbaut hatte und die er alljährlich auf eigene Kosten ausschmückte. Es hatte sich eine solche Menge von Ehrengästen versammelt, daß die einfachen Bauern keinen Platz in der Kirche fanden und sich vor der Kirchentür und auf dem Hofe aufstellen mußten. Die Messe hatte noch nicht begonnen: man wartete auf Kirila Petrowitsch. Endlich kam er in einem mit sechs Pferden bespannten Wagen an und nahm feierlich, von Marja Kirilowna begleitet, den für ihn bestimmten Platz ein. Die Blicke aller Männer und Frauen richteten sich auf seine Tochter; die ersteren bewunderten ihre Schönheit, die letzteren betrachteten aufmerksam ihre Toilette. Die Messe begann; die leibeigenen Künstler sangen im Chor, Kirila Petrowitsch sang mit, betete, ohne nach rechts und links zu schauen, und verbeugte sich mit stolzer Demut bis zur Erde, als der Diakon laut den »Stifter dieses Tempels« erwähnte. Der Gottesdienst war zu Ende. Kirila Petrowitsch näherte sich als erster dem Priester, um das Kreuz zu küssen. Alle schlossen sich ihm an; die Nachbarn gingen auf ihn zu, um ihn ihrer Hochachtung zu bezeugen, während die Damen Mascha umringten. Kirila Petrowitsch lud beim Verlassen der Kirche alle zum Mittagessen ein, stieg in seine Equipage und fuhr nach Hause. Alle folgten ihm. Die Zimmer füllten sich mit Gästen; jeden Augenblick traten neue Personen ein, die sich nur mit Mühe den Weg zum Hausherrn zu bahnen vermochten. Die Damen saßen, in altmodischen, abgetragenen, doch teuren Toiletten, alle mit Perlen und Brillanten geschmückt, sittsam in einem Halbkreise da; die Herren drängten sich um den Kaviar und Schnaps und unterhielten sich sehr laut. Im Saale wurde der Tisch für achtzig Personen gedeckt; die Diener eilten geschäftig hin und her, verteilten Flaschen und Gläser auf dem Tische und brachten die Gedecke in Ordnung. Endlich verkündete der Haushofmeister: »Das Essen ist serviert!«,. und Kirila Petrowitsch begab sich als erster auf seinen Platz; ihm folgten die Damen, die feierlich, unter Beobachtung einer gewissen Rangordnung die Plätze einnahmen; die jungen Mädchen drängten sich wie eine Herde junger Zicklein und setzten sich schließlich alle nebeneinander; ihnen gegenüber nahmen die Männer Platz; am äußersten Ende des Tisches saß der Lehrer mit dem kleinen Sascha.

Die Diener servierten die Platten nach dem Range der Gäste, indem sie sich in Zweifelsfällen von den Lavaterschen Hypothesen leiten ließen, und täuschten sich dabei fast nie. Das Klappern der Teller und Klirren der Löffel vermengte sich mit dem lauten Stimmengewirr der Gäste. Kirila Petrowitsch ließ seine Blicke vergnügt über die ganze Tafelrunde schweifen und genoß die Freude des Gastgebers in vollen Zügen. In diesem Augenblick fuhr ein von sechs Pferden gezogener Wagen in den Hof. »Wer ist das?« fragte der Hausherr. »Anton Pafnutjitsch,« antworteten mehrere zugleich. Die Tür ging auf, und Anton Pafnutjitsch Spitzyn, ein wohlbeleibter Mann von fünfzig Jahren, mit rundem, pockennarbigem Gesicht und dreifachem Kinn wälzte sich in den Saal, grüßend, lächelnd und schon Entschuldigungen stammelnd. »Ein Gedeck her!« schrie Kirila Petrowitsch. »Willkommen, Anton Pafnutjitsch, setz' dich her und erzähl' uns, was das zu bedeuten hat: du bist gar nicht bei der Messe gewesen und kommst auch zum Essen zu spät. Das sieht dir gar nicht ähnlich: du bist gottesfürchtig und liebst auch zu essen.« – »Verzeihung,« antwortete Anton Pafnutjitsch, indem er die Serviette im Knopfloch seines erbsenfarbigen Rockes befestigte: »Verzeihung, Väterchen Kirila Petrowitsch. Ich habe mich rechtzeitig auf den Weg gemacht, war aber kaum zehn Werst gefahren, als plötzlich das Eisen an dem einen Vorderrade zersprang, was sollte ich machen? Zum Glück war es nicht weit von einem Dorfe; bis wir hinkamen, einen Schmied aufsuchten und die Sache in Ordnung brachten, vergingen drei Stunden, – es war nichts zu machen. Den nächsten Weg durch den Wald von Kistenjowka zu fahren, wagte ich nicht und machte darum einen Umweg.« – »Hehe!« rief Kirila Petrowitsch: »Du scheinst nicht von den Tapferen zu sein,. Vor wem fürchtest du dich?« – »Vor wem ich mich fürchte, Väterchen Kirila Petrowitsch? Natürlich vor Dubrowskij. Wie leicht kann man dem in die Tatzen kommen. Er ist ein flinker Bursche und läßt niemand ungeschoren. Von mir wird er aber gleich zwei Häute abschinden.« – »Weshalb diese Auszeichnung?« – »Wie, weshalb, Väterchen Kirila Petrowitsch? Und der Prozeß des verstorbenen Andrej Gawrilowitsch? Habe ich denn nicht zu Ihrem Gefallen, das heißt nach bestem Wissen und Gewissen ausgesagt, daß die Dubrowskijs gar kein Recht auf Kistenjowka haben und auf dem Gute von Ihnen nur geduldet werden? Der Verstorbene, Gott hab' ihn selig, versprach es mir heimzuzahlen, und der Sohn wird jetzt vielleicht das

Versprechen des Vaters einlösen. Bisher war mir Gott gnädig: nur einen einzigen Speicher haben sie mir geplündert, aber wie leicht kann auch das Herrenhaus an die Reihe kommen.« – »Im Herrenhause werden die Räuber, meine ich, schon manches finden,« bemerkte Kirila Petrowitsch. »Die rote Schatulle ist wohl bis an den Rand voll.« – »Ach, Väterchen, sie war einmal voll, jetzt ist sie leer!« – »Du schwindelst, Anton Pafnutjitsch. Wir kennen dich; gibst du denn je Geld aus? Du lebst zu Hause wie ein Schwein, empfängst niemals Gäste, beutest deine Bauern aus, sparst also Geld und nichts weiter.« – »Sie belieben immer zu scherzen, Väterchen Kirila Petrowitsch,« murmelte Anton Pafnutjitsch mit einem Lächeln: »Ich bin, bei Gott, an den Bettelstab gekommen.« Und Anton Pafnutjitsch nahm ein fettes Stück Fleischkuchen, um damit den Scherz des Hausherrn herunterzuschlucken. Kirila Petrowitsch ließ ihn in Ruhe und wandte sich an den neuen Isprawnik, der zum erstenmal bei ihm zu Gast war und am anderen Tischende neben dem Lehrer saß. »Nun, Herr Isprawnik, werden Sie bald den Dubrowskij fangen?«

Der Isprawnik erschrak, verbeugte sich, lächelte, stotterte und sagte endlich: »Wir werden uns Mühe geben, Exzellenz.« »Hm! Wir werden uns Mühe geben. Ihr gebt euch schon lange Mühe, und doch sieht man keinen Erfolg davon. Allerdings, warum soll man ihn auch fangen? Die Räubereien Dubrowskijs sind ein wahrer Segen für die Isprawniks: immerfort Dienstreisen, Untersuchungen, Reisegelder, und das Geld bleibt in der Tasche. Warum soll man auch einem solchen Wohltäter den Garaus machen? Nicht Herr Isprawnik?«

»Exzellenz haben vollkommen recht,« antwortete der Isprawnik, aufs höchste verlegen.

Die Gäste lachten.

»Aufrichtigkeit lobe ich,« sagte Kirila Petrowitsch. Offenbar werde ich mich selbst an die Arbeit machen müssen, ohne erst die Hilfe der hiesigen Behörden abzuwarten.

Schade,. daß der frühere Isprawnik Taras Alexejewitsch nicht mehr lebt: hätten sie ihn nicht verbrannt, so wäre es jetzt in der ganzen Gegend ruhiger. Aber was hört man von Dubrowskij? Wo hat man ihn zuletzt gesehen?« »Bei mir, Kirila Petrowitsch,« antwortete mit feiner Stimme eine dicke Frau, »am letzten Dienstag aß er bei mir zu Mittag.«

Alle Blicke richteten sich auf Anna Ssawischna Globowa, eine ziemlich einfältige Witwe, die wegen ihres gutmütigen und lustigen Charakters allgemein beliebt war. Alle spitzten neugierig die Ohren, um ihren Bericht anzuhören. »Sie müssen wissen, daß ich vor drei Wochen meinen Verwalter mit einem Briefe an meinen Wanjuscha zur Post geschickt habe. Ich verwöhne meinen Sohn nicht und kann es mir auch gar nicht leisten, selbst wenn ich es wollte; aber Sie werden selbst wissen, daß ein Gardeoffizier anständig leben muß, und so teile ich mit ihm, so gut es geht, meine kargen Einkünfte. Ich schickte ihm zweitausend Rubel; Dubrowskij kam mir zwar oft in den Sinn, aber ich dachte mir: die Stadt ist nahe, es sind nur sieben Werst, vielleicht wird Gott helfen. Ich sehe: am Abend kommt mein Verwalter zurück, bleich, abgerissen, zu Fuß. Ich schrie vor Schreck förmlich auf. ›Was ist das? Was ist geschehen?‹ – Er antwortete mir: ›Mütterchen Anna Ssawischna, Räuber haben mich ausgeplündert, haben mich um ein Haar erschlagen. Dubrowskij selbst war dabei, er wollte mich erhängen lassen, erbarmte sich aber meiner und ließ mich laufen; dafür hat er mir alles abgenommen, auch Pferd und Wagen.‹ Ich wurde ganz starr vor Schreck. Gott der Gerechte! Was soll jetzt mit meinem Wanjuscha werden? Es war nichts mehr zu machen, ich schrieb ihm einen zweiten Brief, erzählte darin die ganze Geschichte und schickte ihm meinen Segen ohne einen Heller Geld. Es verging eine Woche und noch eine Woche. Plötzlich fährt eine Equipage in meinen Hof. Ein General möchte mich sprechen; ich lasse ihn bitten. Ein Mann von etwa fünfunddreißig Jahren, mit braunem Gesicht, schwarzem Haar und Bart, ein treues Abbild von Kulnjow, tritt ins Zimmer; er stellt sich mir als Freund und Kollege meines verstorbenen Mannes Iwan Andrejewitsch vor; er sei vorübergefahren und habe es sich nicht versagen können, die Witwe seines Freundes aufzusuchen, da er erfahren habe, daß ich in der Nähe wohne. Ich traktierte ihn so gut ich konnte, wir sprachen über dies und jenes, und endlich brachte ich die Rede auf Dubrowskij. Ich erzählte ihm mein Unglück. Mein General runzelte die Stirn. ›Es ist sonderbar,‹ sagte er, ›ich hörte, Dubrowskij überfalle nicht jeden, sondern nur Leute, die als reich bekannt sind, und auch diese plündere er nicht vollkommen aus, sondern teile mit ihnen ihre Habe.

Eines Mordes hat ihn aber noch niemand beschuldigt; ist auch kein Schwindel dabei? Lassen Sie mal Ihren Verwalter rufen.‹ Man rief den Verwalter. Er kam. Als er den General erblickte, wurde er ganz blaß. ›Erzähl' mir mal, Bruder, wie Dubrowskij dich beraubt hat und wie er dich hat aufhängen wollen.‹ Mein Verwalter fing zu zittern an und fiel dem General zu Füßen. ›Väterchen, verzeih' mir: der Böse hat mich verführt ... ich habe gelogen.‹ – ›Wenn die Sache sich so verhält,‹ antwortete der General, ›so erzähle der Gnädigen, wie alles sich zugetragen hat, ich möchte es auch hören.«

Der Verwalter konnte sich noch immer nicht von seinem Schreck erholen. ›Nun,‹ fuhr der General fort.. erzähle, wo hast du Dubrowskij begegnet.« – ›Bei den zwei Fichten, Väterchen, bei den zwei Fichten.‹ – ›Nun, was hat er dir gesagt?‹ – ›Er fragte mich: wem gehörst du, wohin fährst du und wozu?‹ – ›Nun, und weiter?‹ – ›Dann verlangte er von mir den Brief, und ich gab ihm den Brief und das Geld...‹ – ›Und er?‹ – ›Und er ... Väterchen, verzeih'!‹ – ›Nun, was hat er getan?‹ – ›Er gab mir das Geld und den Brief zurück und sagte: Geh' mit Gott, trage es auf die Post.‹ – ›Nun!‹ – ›Väterchen, verzeih'!‹ – ›Ich werde mit dir noch abrechnen, mein Lieber,‹ sagte der General streng. ›Und Sie, Gnädigste, lassen Sie den Koffer dieses Spitzbuben durchsuchen und überantworten Sie ihn mir, ich werde ihm schon eine Lektion geben. Sie müssen wissen, Dubrowskij ist mal selbst Gardeoffizier gewesen und wird einen Kameraden nicht schädigen wollen.‹ Ich erriet sofort, wer seine Exzellenz war: was sollte ich mit ihm noch viel reden? Die Kutscher banden meinen Verwalter an den Bock des Wagens; das Geld wurde gefunden; der General aß bei mir zu Mittag und fuhr dann gleich davon und nahm den Verwalter mit. Meinen Verwalter fand man am anderen Tage im Walde, an eine Eiche gebunden, mit zerschundenem Rücken.«

Alle hörten den Bericht Anna Ssawischnas schweigend an, die jungen Mädchen mit besonderer Aufmerksamkeit. Viele von ihnen sympathisierten für Dubrowskij, in dem sie einen romantischen Helden sahen, besonders aber Marja Kirilowna, die begeisterte Träumerin, die ganz im Banne der Romane der Radcliffe stand. »Du glaubst also, Anna Ssawischna, daß Dubrowskij selbst bei dir gewesen ist?« fragte Kirila Petrowitsch. »Du hast dich gründlich getäuscht. Ich weiß nicht, wer dich besucht hat, Dubrowskij war es jedenfalls nicht.«

»Wie, Väterchen, das soll nicht Dubrowskij sein? Wer wird denn sonst die Reisenden auf der Straße anhalten und durchsuchen?«

»Ich weiß es nicht, aber es war sicher nicht Dubrowskij. Ich habe ihn als Kind gekannt, ich weiß nicht, ob seine Haare dunkel geworden sind; damals war er ein blonder Krauskopf; aber ich weiß bestimmt, daß Dubrowskij fünf Jahre älter ist als meine Mascha und folglich nicht fünfunddreißig, sondern gegen dreiundzwanzig Jahre alt sein muß.«

»Das stimmt, Exzellenz,« erklärte der Isprawnik. »Ich habe das Signalement Wladimir Dubrowskijs in der Tasche. Darin heißt es ausdrücklich, daß er dreiundzwanzig Jahre alt ist.«

»Aha!« sagte Kirila Petrowitsch. »Das trifft sich ja gut: lesen Sie es uns vor, wir wollen hören; es kann nicht schaden, sein Signalement zu kennen; wenn wir ihn mal treffen, wird er nicht so leicht entkommen.«

Der Isprawnik holte ein ziemlich schmieriges Papier aus der Tasche, entfaltete es mit wichtiger Miene und begann im singenden Tone zu lesen:

»Das Signalement Dubrowskijs, zusammengestellt nach den Aussagen seiner früheren Leibeigenen:

Alter: zweiundzwanzig Jahre; Wuchs: mittel; Gesichtsfarbe: weiß; Bart: keiner; Augen: braun; Haare: blond; Nase: gerade. Besondere Kennzeichen: nicht vorhanden.«

»Ist das alles?« fragte Kirila Petrowitsch.

»Ja, das ist alles,« antwortete der Isprawnik, das Papier zusammenfaltend.

»Ich gratuliere, Herr Isprawnik. Ein vorzügliches Signalement: es wird Ihnen nicht schwer fallen, danach Dubrowskij zu fangen! Wer ist denn nicht von mittlerem Wuchs, wer hat nicht blonde Haare, eine gerade Nase und braune Augen? Ich möchte wetten: man kann drei Stunden lang mit Dubrowskij selbst sprechen, ohne zu merken, mit wem man zusammengekommen ist. Ja, das muß man sagen, die Gerichtsbeamten sind kluge Köpfe!« Der Isprawnik steckte das

Papier bescheiden in die Tasche und machte sich schweigend an den Gänsebraten mit Kohl; die Diener hatten indessen schon mehrere Runden um den Tisch gemacht und jedem Gast neu eingeschenkt. Einige Flaschen inländischen Schaumweines wurden mit lautem Knall entkorkt und von den Gästen wohlwollend als Champagner hingenommen; die Gesichter röteten sich, die Gespräche wurden lauter, unzusammenhängender und lustiger.

»Nein,« fuhr Kirila Petrowitsch fort, »einen solchen Isprawnik, wie es der selige Taras Alexejewitsch war, erleben wir nie wieder! Der war kein Waschlappen, kein Hansguckindieluft. Schade, daß man den Menschen verbrannt hat, sonst wäre ihm kein einziger von der ganzen Bande entgangen. Alle ohne Ausnahme hätte er eingefangen, und auch Dubrowskij selbst wäre ihm nicht entkommen. So war einmal der Selige. Nichts zu machen, jetzt muß ich mich wohl selbst der Sache annehmen und mit meinen eigenen Leuten gegen die Räuber ziehen. Zunächst werde ich zwanzig Mann schicken, damit sie mir den Wald säubern; das sind tapfere Burschen, ein jeder von ihnen nimmt es allein mit einem Bären auf und wird vor einem Räuber nicht zurückschrecken.« »Wie geht es Ihrem Bären, Väterchen Kirila Petrowitsch?« fragte Anton Pafnutjitsch, der sich bei diesen Worten seines zottigen Freundes und einiger Scherze erinnerte, deren Opfer er einst selbst gewesen war.

»Mischa lebt nicht mehr,« antwortete Kirila Petrowitsch. »Er starb den Heldentod vor dem Feinde Da sitzt sein Überwinder!« Kirila Petrowitsch zeigte auf Deforges. »Du kannst für meinen Franzosen beten. Er hat deinen ... mit Verlaub zu sagen ... gerächt ... weißt du es noch?« »Wie sollte ich es nicht wissen?« versetzte Anton Pafnutjitsch und kratzte sich hinter den Ohren. »Ich kann mich lebhaft daran erinnern. Mischa ist also tot, schade, bei Gott, schade! Was war das für ein lustiger Kerl! Und wie klug! Einen solchen Bären findet man nicht wieder. Warum hat ihn der Musje umgebracht?«

Kirila Petrowitsch begann mit sichtlichem Vergnügen von der Heldentat seines Franzosen zu erzählen, denn er hatte die glückliche Fähigkeit, mit allem, was ihn umgab, zu prahlen. Die Gäste hörten aufmerksam den Bericht vom Tode Mischas an und blickten mit Bewunderung auf Deforges, der gar nicht ahnte, daß die Rede von ihm war; er saß ruhig auf seinem Platze und machte seinem munteren Zögling moralische Bemerkungen. Das Mittagessen, das an die drei Stunden gedauert hatte, war zu Ende; der Hausherr legte seine Serviette auf den Tisch, alle erhoben sich und gingen ins Gastzimmer, um Kaffee zu trinken, Karten zu spielen und das im Saal so ruhmreich begonnene Zechgelage fortzusetzen.

Zehntes Kapitel

Gegen sieben Uhr abends wollten einige Gäste aufbrechen, aber der Hausherr, den der Punsch in die heiterste Stimmung versetzt hatte, ließ das Tor zusperren und erklärte, daß er bis zum nächsten Morgen niemand herauslassen werde. Bald ertönte Musik, die Saaltür wurde geöffnet, und der Ball nahm seinen Anfang. Der Hausherr saß mit seinen nächsten Freunden in einer Ecke, leerte Glas auf Glas und erfreute sich an der Lustigkeit der Jugend. Die alten Damen spielten Karten. Kavaliere gab es hier wie überall, wo nicht ein Ulanenregiment im Quartier liegt, viel weniger als Damen; alle Männer, die einigermaßen zum Tanzen taugten, waren herangezogen worden. Der Lehrer zeichnete sich vor allen aus; er tanzte mehr als alle; alle jungen Damen wählten ihn und fanden, daß man mit ihm herrlich Walzer tanzen konnte. Er tanzte auch einige Runden mit Marja Kirilowna, und die anderen jungen Mädchen beobachteten das Paar mit spöttischen Blicken. Endlich, gegen Mitternacht, erklärte der müde Hausherr den Ball für beendet, ließ das Souper auftragen und begab sich selbst zur Ruhe.

In der Abwesenheit Kirila Petrowitschs fühlte sich die ganze Gesellschaft ungezwungener und freier; die Herren wagten sich neben die Damen zu setzen; die jungen Mädchen lachten und tuschelten mit ihren Kavalieren; die Damen unterhielten sich laut über den Tisch hinüber. Die Männer tranken, disputierten und lachten; mit einem Worte, das Souper war äußerst lustig und hinterließ viele angenehme Erinnerungen.

Nur ein Gast beteiligte sich nicht an der allgemeinen Fröhlichkeit. Anton Pafnutjitsch saß finster und schweigsam auf seinem Platz, aß zerstreut und schien äußerst unruhig. Die Gespräche von den Räubern hatten seine Phantasie mächtig erregt. Wir werden gleich sehen, daß er allen Grund hatte, sie zu fürchten.

Als Anton Pafnutjitsch Gott zum Zeugen dafür anrief, daß seine rote Schatulle leer sei, hatte er nicht gelogen und keine Sünde begangen; die rote Schatulle war tatsächlich leer: das Geld, das er in ihr einst verwahrt hatte, lag jetzt in einem ledernen Beutel, den er auf seiner Brust unter dem Hemde trug. Nur durch diese Vorsichtsmaßregel beruhigte er sein Mißtrauen gegen alle und seine ewige Angst. Da er nun gezwungen war, in einem fremden Hause zu nächtigen, fürchtete er, in einem entlegenen Zimmer untergebracht zu werden, wo ihn leicht die Diebe überfallen könnten; er suchte mit den Blicken nach einem zuverlässigen Schlafgenossen und wählte schließlich Deforges. Sein Äußeres, das von Kraft zeugte, und noch mehr der Mut, den er beim Zusammentreffen mit dem Bären bewiesen hatte, bestimmten diese Wahl. Als alle sich von der Tafel erhoben hatten, ging Anton Pafnutjitsch immer um den jungen Franzofen herum, räusperte sich und hüstelte und wandte sich an ihn schließlich mit den Worten:

»Hm ... hm! Musje, kann ich nicht in Ihrem Zimmer übernachten, denn siehst du ...«

»Que desire monsieur?« fragte Deforges mit einer höflichen Verbeugung.

»Ach, dieses Pech! Musje, du hast noch nicht russisch gelernt. Sche wö, mua sche wu kusché verstehst du es?«

»Monsieur, très volontiers,« antwortete der Franzose: »veullez donner des ordres en conséquence.«

Anton Pafnutjitsch, entzückt über seine französischen Kenntnisse, ging hinaus, um die nötigen Anordnungen zu treffen.

Die Gäste wünschten einander gute Nacht, und jeder begab sich in das ihm zugewiesene Zimmer. Anton Pafnutjitsch ging mit dem Lehrer ins Seitengebäude. Die Nacht war stockfinster. Deforges leuchtete mit einer Laterne voraus. Anton Pafnutjitsch folgte ihm ziemlich mutig und drückte dabei ab und zu den Beutel an die Brust, um sich zu überzeugen, daß das Geld noch bei ihm sei.

Im Seitengebäude angelangt, zündete der Lehrer eine Kerze an, und beide entkleideten sich; Anton Pafnutjitsch ging indessen im Zimmer auf und ab, untersuchte die Schlösser und die Fenster und schüttelte über den wenig tröstlichen Befund den Kopf. An der Türe gab es nur einen Riegel, die Fenster hatten noch keine Doppelrahmen. Er versuchte sich darüber bei Deforges zu beklagen; aber seine französischen Kenntnisse waren für eine so komplizierte Auseinandersetzung zu ungenügend. Der Franzose verstand ihn nicht, und Anton Pafnutjitsch mußte mit seinen Klagen aufhören. Ihre Betten standen einander gegenüber; beide legten sich hin, und der Lehrer blies die Kerze aus.

»Purkua wu lösché, purkua wu lösché?« rief Anton Pafnutjitsch, das Zeitwort »löschen« so gut es ging aus französische Art konjugierend. »Ich kann nicht dormir im Dunkeln.«

Deforges verstand ihn nicht und wünschte ihm gute Nacht. »Der verdammte Heide!« brummte Spitzyn und hüllte sich in die Decke. »Was brauchte er die Kerze auszulöschen? Das wird er selbst büßen. Ich kann nicht ohne Licht schlafen. Musje, Musje,« fuhr er fort, »sche wö awek wu parle.« Aber der Franzose antwortete nicht und fing gleich darauf zu schnarchen an.

»Wie er schnarcht, der gemeine Franzose,« dachte sich Anton Pafnutjitsch, »und ich kann ans Einschlafen nicht mal denken: eh' man sich 's versieht, kommen die Diebe durch die offene Türe oder steigen zum Fenster herein, aber diese Bestie kann man nicht mal mit einem Kanonenschuß wecken. Musje, he, Musje! Hol' dich der Teufel!« Anton Pafnutjitsch verstummte; die Müdigkeit und die Weindämpfe überwältigten endlich seine Furcht; ihn befiel ein Schlummer, und bald lag er im festen Schlafe.

Ihn erwartete ein seltsames Erwachen. Er fühlte im Schlafe, daß ihn jemand am Hemdkragen zupfte. Anton Pafnutjitsch schlug die Augen auf und sah im bleichen Dämmerlichte des Herbstmorgens vor sich Deforges stehen: der Franzose hielt in der einen Hand eine Taschenpistole und löste mit der anderen den Geheimbeutel von der Schnur. – »Keß ke se, Musje, keß ke se?« fragte er mit zitternder Stimme. »Still! Schweigen Sie!« antwortete der Lehrer im reinsten Russisch: »Mund halten! Oder Sie sind des Todes. Ich bin Dubrowskij.«

Elftes Kapitel

Jetzt bitten wir den Leser um Erlaubnis, die letzten Ereignisse der Erzählung durch vorhergehende Umstände erläutern zu dürfen, die wir zu schildern versäumten. Auf der Station *** im Hause des Stationsaufsehers, den wir bereits einmal erwähnt haben, saß in der

Ecke ein Reisender, dessen geduldiges und bescheidenes Wesen auf eine nichtbeamtete Person oder einen Ausländer hinwies, also auf einen Menschen, der auf den Poststationen nichts zu sagen hat. Sein Wagen stand auf dem Hofe und sollte geschmiert werden. In ihm lag ein kleines Köfferchen, gleichfalls ein Beweis für die bescheidenen Verhältnisse des Reisenden. Der Fremde verlangte weder Tee noch Kaffee. sah zum Fenster hinaus und pfiff zum großen Mißvergnügen der Frau des Stationsaufsehers, die hinter dem Verschlag saß.

»Da hat uns Gott einen Pfeifer zugeschickt,« schimpfte sie leise. »Wie der pfeift! Möge er zerspringen, der verdammte Heide!«

»Warum?« sagte der Stationsaufseher. »Als ob's ein Unglück wäre! Soll er nur pfeifen.«

»Was es für ein Unglück ist?« entgegnen die Gattin wütend. »Weißt du denn nicht, was das für eine Vorbedeutung hat?«

»Eine Vorbedeutung? Daß das Pfeifen das Geld aus dem Hause lockt? Ach, Pachomowna, bei uns kann man pfeifen, soviel man will, es ist doch kein Pfennig im Hause.«

»Laß ihn doch fahren, Ssidorytsch. Was für ein Vergnügen ist's, den Kerl hier zu haben. Gib ihm Pferde, und mag er zum Teufel gehen.«

»Er kann warten, Pachomowna; im Stalle habe ich nur drei Troikas stehen, eine vierte ruht aus. Jeden Augenblick kann ein anständiger Reisender kommen; ich will nicht meinen Kopf für den Franzosen riskieren. So, da haben wir's! Jemand kommt gefahren! Und wie schnell! Ist es am Ende ein General?«

Der Wagen hielt vor dem Hause. Ein Diener sprang vom Bock und öffnete den Schlag, und gleich darauf trat ein junger Mann in Offiziersmantel und weißer Mütze ins Stationsgebäude; der Diener kam mit einer Schatulle herein und stellte sie aufs Fensterbrett.

»Pferde!« rief der Offizier im befehlenden Tone.

»Sofort!« antwortete der Stationsaufseher. »Ich bitte um die Reiseordre.«

»Ich habe keine Reiseordre. Ich fahre aufs Land... Erkennst du mich denn nicht?«

Der Stationsaufseher tat sehr geschäftig und eilte hinaus, um die Kutscher zur Eile anzutreiben. Der junge Mann ging im Zimmer auf und ab, kam hinter den Verschlag und fragte leise die Frau des Stationsaufsehers: »Wer ist der Fremde?«

»Gott weiß,« sagte die Frau, »irgendein Franzose; seit fünf Stunden wartet er auf Pferde und pfeift. Ich hab' ihn schon satt, den Verdammten!«

Der junge Mann sprach den Fremden auf Französisch an. »Wohin reisen Sie?« fragte er ihn. »In die nächste Stadt,« antwortete der Franzose, »und von dort fahre ich zu einem Gutsbesitzer, der mich, ohne mich zu kennen, als Lehrer engagiert hat. Ich hoffte bereits heute dort zu sein, aber der Herr Stationsaufseher scheint anderes beschlossen zu haben. In diesem Lande ist es sehr schwer, Postpferde zu bekommen, Herr Offizier.« »Und bei welchem von den hiesigen Gutsbesitzern sind Sie engagiert?« fragte der Offizier. »Bei Herrn Trojekurow,« antwortete der Franzose. »Bei Trojekurow? Was ist das für ein Trojekurow?« »Ma foi, Monsieur, ich habe von ihm wenig Gutes gehört. Man sagt, er sei ein hochmütiger und launischer Herr, grausam in der Behandlung seiner Hausgenossen, niemand könne mit ihm auskommen, alle zitterten vor ihm, und selbst mit den Lehrern (avec les outchitels) mache er nicht viel Federlesens und habe schon zwei zu Tode geprügelt.« »Mein Gott! Und Sie haben sich entschlossen, in den Dienst eines solchen Ungeheuers zu treten?« »Was soll ich machen, Herr Offizier? Er bietet mir ein gutes Gehalt von dreitausend Rubel jährlich und freie Station. Vielleicht habe ich bei ihm mehr Glück als die anderen. Ich habe eine alte Mutter: die Hälfte des Gehalts schicke ich ihr zum Leben; von dem Rest kann ich mir im Laufe von fünf Jahren ein kleines Kapital zusammensparen, das mir in der Zukunft meine Unabhängigkeit sichert; dann, bon soir, ich gehe nach Paris und versuche es mit einem Handelsunternehmen.« »Kennt Sie jemand im Hause Trojekurows?« fragte er.

»Nein, niemand,« antwortete der Lehrer. »Mich hat er aus Moskau durch einen seiner Freunde kommen lassen, dessen Koch mein Landsmann ist, und dieser hat mich empfohlen. Sie müssen wissen, daß ich gar nicht die Absicht hatte, Lehrer zu werden, sondern Konditor werden wollte; aber man sagte mir, daß in Ihrem Lande der Beruf eines Lehrers weit vorteilhafter sei...« Der Offizier wurde nachdenklich. »Hören Sie mal,« unterbrach er den Franzofen, »was würden Sie sagen, wenn man Ihnen statt dieser Zukunft sofort zehntausend Rubel in bar anbieten würde, unter der Bedingung, daß Sie sofort nach Paris zurückreisen?« Der Franzose sah den Offizier erstaunt an, lächelte und schüttelte den Kopf.

»Die Pferde sind angespannt!« meldete der Stationsaufseher, ins Zimmer tretend.

Der Diener bestätigte es.

»Sofort,« antwortete der Offizier. »Geht mal für einen Augenblick hinaus. (Der Stationsaufseher und der Diener entfernten sich.) »Ich scherze nicht,« fuhr er auf französisch fort. »Die zehntausend Rubel kann ich Ihnen geben; ich verlange nur, daß Sie sich aus dem Staube machen und mir Ihre Papiere geben.«

Mit diesen Worten öffnete er die Schatulle und holte einige Päckchen Banknoten heraus.

Der Franzose machte große Augen. Er wußte gar nicht, was er sich denken sollte.

»Daß ich mich aus dem Staube mache ... meine Papiere ...« wiederholte er erstaunt. »Hier sind meine Papiere ... aber Sie scherzen doch? Was brauchen Sie meine Papiere?«

»Das ist nicht Ihre Sache... Ich frage Sie: sind Sie einverstanden oder nicht?«

Der Franzose, der seinen Ohren noch immer nicht traute, reichte seine Papier dem jungen Offizier, der sie schnell durchsah.

»Ihr Paß ... gut; ein Empfehlungsbrief ... wir wollen mal sehen; der Geburtsschein ... ausgezeichnet. Hier haben Sie also das Geld und reisen Sie zurück. Leben Sie wohl.« Der Franzose stand wie angewurzelt da. Der Offizier kam zurück.

»Ich hatte das Wichtigste vergessen: geben Sie nur Ihr Ehrenwort, daß das alles unter uns bleibt... Ihr Ehrenwort.«

»Mein Ehrenwort,« antwortete der Franzose. »Aber meine Papiere? Was fange ich ohne sie an?«

»Melden Sie in der nächsten Stadt, daß Sie von Dubrowskij ausgeraubt worden seien. Man wird es Ihnen glauben und Ihnen die nötigen Ausweispapiere geben. Leben Sie wohl. Gebe Gott, daß Sie bald nach Paris kommen und Ihre Mutter beim besten Wohlsein antreffen.«

Dubrowskij verließ das Zimmer, setzte sich in seinen Wagen und fuhr davon.

Der Stationsaufseher sah zum Fenster hinaus und wandte sich, als der Wagen schon fortgefahren war, an seine Frau mit dem Ausrufe: »Pachomowa! Weißt du, wer es war? Es war Dubrowskij!«

Die Frau stürzte zum Fenster, aber es war zu spät. Dubrowskij war schon verschwunden. Nun fing sie an, ihren Mann zu schelten: »Du fürchtest wohl Gott nicht, Ssidorytsch! Warum hast du es mir nicht früher gesagt, dann hätte ich den Dubrowskij wenigstens gesehen, jetzt kann ich aber lange warten, bis er wiederkommt. Du hast wirklich kein Gewissen im Leibe!«

Der Franzose stand noch immer wie angewurzelt da. Die Abmachung mit dem Offizier, das Geld – alles erschien ihm wie ein Traum. Aber die vielen Banknoten lagen in seiner Tasche und bestätigten ihm greifbar, daß das seltsame Ereignis keine Einbildung war. Er entschloß sich, Pferde bis zur Stadt zu nehmen. Der Kutscher fuhr ihn im Schritt und erreichte erst spät am Abend die Stadt.

Kurz vor der Stadtgrenze, wo statt eines Wachtpostens ein halbverfallenes Schilderhäuschen stand, ließ der Franzose halten, stieg aus und ging zu Fuß weiter; dem Kutscher erklärte er durch Zeichen, daß er ihm den Wagen und den Koffer als Trinkgeld schenke. Der Kutscher war durch diese Freigebigkeit ebenso erstaunt, wie der Franzose selbst über das Angebot Dubrowskijs. Er schloß daraus, daß der Ausländer wohl verrückt geworden sei, und bedankte sich mit einer tiefen Verbeugung. Er hielt es für das beste, nicht in die Stadt zu fahren, und begab sich in ein ihm bekanntes Vergnügungslokal, dessen Besitzer sein Freund war. Dort verbrachte er die ganze Nacht und kehrte am nächsten Morgen mit den drei Pferden, doch ohne Wagen und Koffer, mit geschwollenem Gesicht und roten Augen heim.

Nachdem sich Dubrowskij auf diese Weise in den Besitz der Papiere des Franzosen gesetzt hatte, meldete er sich ohne Bedenken bei Trojekurow und bekam, wie wir schon sahen, die Stelle in seinem Hause. Was für geheime Absichten er dabei auch hatte (wir werden sie später erfahren), erregte sein Benehmen nicht den geringsten Verdacht. Allerdings beschäftigte er sich nur wenig mit der Erziehung des kleinen Sascha; er ließ ihm volle Freiheit und bestrafte ihn nie für das Nichtvorbereiten der Lektionen, die er ihm nur pro forma aufgab; mit um so größerem Eifer überwachte er die musikalischen Fortschritte seiner Schülerin und verbrachte ganze Stunden neben ihr am Klavier. Alle liebten den jungen Lehrer: Kirila Petrowitsch wegen seiner Kühnheit und Geschicklichkeit bei der Jagd; Marja Kirilowna wegen seines seltenen Eifers und seiner sklavischen Aufmerksamkeit; Sascha wegen seiner Nachsicht gegen seine Streiche; die Dienstboten wegen seiner Güte und Freigebigkeit, die in gar keinem Verhältnis zu seinem Vermögen zu stehen schien. Er selbst schien an der ganzen Familie zu hängen und sich schon als ein Mitglied derselben zu betrachten. Zwischen seinem Eintritt in den Lehrerberuf und dem denkwürdigen Feste war mehr als ein Monat vergangen, und kein Mensch ahnte, daß der bescheidene junge Franzose niemand anders sei als der schreckliche Räuber, dessen bloßer Name allen Gutsbesitzern der Gegend Angst machte. Während dieser ganzen Zeit hatte Dubrowskij Pokrowskoje nicht verlassen, aber die Gerüchte von seinen Heldentaten wollten dank der lebhaften Phantasie der Landbewohner nicht verstummen; es war aber auch möglich, daß seine Bande in Abwesenheit des Anführers ihre Tätigkeit fortsetzte.

Als er im gleichen Zimmer mit einem Menschen, den er für seinen persönlichen Feind und einen der Haupturheber seines Elends halten durfte, nächtigen sollte, konnte Dubrowskij der Versuchung nicht widerstehen. Er wußte vom Vorhandensein des Beutels und beschloß, sich seiner zu bemächtigen. Wir sahen schon, welchen Eindruck seine plötzliche Verwandlung auf einem Lehrer in einen Räuber auf den armen Anton Pafnutjitsch machte.

Zwölftes Kapitel

Um neun Uhr früh versammelten sich alle Gäste, die in Pokrowskoje übernachtet hatten, einer nach dem andern im Gastzimmer, wo schon der Samowar kochte, vor dem Marja Kirilowna in ihrem Morgenkleide saß, während Kirila Petrowitsch, in einem Flausrock und Hausschuhen, den Tee aus seiner großen Tasse, die an einen Spülnapf erinnerte, schlürfte. Als letzter erschien Anton Pafnutjitsch; er war so blaß und schien so erregt, daß sein Aussehen allen auffiel und Kirila Petrowitsch sich nach seinem Befinden erkundigte. Spitzyn gab ganz unsinnige Antworten und blickte entsetzt auf den Lehrer, der so ruhig dabeisaß, als wäre nichts passiert. Nach einigen Minuten kam ein Diener und meldete Spitzyn, daß sein Wagen angespannt sei. Anton Pafnutjitsch empfahl sich eilig, erließ das Zimmer und fuhr sofort ab. Die Gäste und der Hausherr konnten nicht verstehen, was mit ihm los war, und Kirila Petrowitsch meinte, er hätte sich überessen. Nach dem Tee und dem Abschiedsfrühstück empfahlen sich auch die übrigen Gäste, Pokrowskoje lag wieder einsam da, und alles ging seinen gewohnten Gang. Es vergingen einige Tage, ohne daß sich etwas Bemerkenswertes ereignet hätte. Das Leben der Bewohner von Pokrowskoje war eintönig. Kirila Petrowitsch ritt täglich auf die Jagd; Lektüre, Spaziergänge und Musikstunden beschäftigten Marja Kirilowna, – die letzteren ganz besonders. Sie hatte angefangen, die Stimme ihres eigenen Herzens zu verstehen, und gestand sich mit unwillkürlichem Ärger, daß es gegen die Vorzüge des jungen Franzosen nicht gleichgültig war. Er seinerseits überschritt niemals die Grenzen der Höflichkeit und des strengen Anstandes und beschwichtigte damit ihren Stolz und ihre ängstlichen Bedenken. Sie gab sich immer vertrauensvoller der ihr zu einem Bedürfnis geworden Gesellschaft des Franzosen hin. Sie langweilte sich ohne Deforges; in seiner Gegenwart beschäftigte sie sich unausgesetzt mit ihm, wollte seine Meinung über alle Dinge hören und stimmte mit ihm immer überein. Vielleicht war sie noch nicht verliebt; aber bei dem ersten zufälligen Hindernis oder einem unerwarteten Schicksalsschlag mußte das Feuer der Leidenschaft in ihrem Herzen emporlodern. Als Marja Kirilowna eines Tages in den Saal trat, wo der Lehrer sie erwartete, bemerkte sie mit Erstaunen den Ausdruck von Verlegenheit auf seinem blassen Gesicht. Sie machte das Klavier auf und sang einige Noten; aber Dubrowskij schützte Kopfweh vor, entschuldigte sich, unterbrach die Stunde und steckte ihr, während er die Noten zuklappte, heimlich ein Billet zu. Marja Kirilowna nahm es, ohne sich zu überlegen, an, bereute es aber schon im nächsten Augenblick;

doch Dubrowskij war nicht mehr im Saal. Marja Kirilowna ging auf ihr Zimmer, entfaltete das Billet und las folgendes:

»Seien Sie heute abend um sieben Uhr in der Laube am Bach: ich muß Sie sprechen.«

Ihre Neugier war lebhaft erregt. Sie hatte schon seit langem ein Geständnis erwartet, hatte es gewünscht und zugleich gefürchtet. Es wäre ihr angenehm, die Bestätigung dessen zu hören, was sie dunkel ahnte; aber sie fühlte, daß es sich für sie gar nicht ziemte, ein solches Geständnis von einem Menschen zu hören, der infolge seiner Stellung niemals hoffen durfte, ihre Hand zu erhalten. Sie entschloß sich, zum Stelldichein zu gehen, hatte aber noch ein Bedenken: wie sollte sie das Geständnis des Lehrers hinnehmen: mit aristokratischer Entrüstung, mit dem Appell auf seine Freundschaft, mit einem lustigen Scherz oder mit stummer Teilnahme? Indessen sah sie fortwährend nach der Uhr. Es dämmerte; man zündete die Kerzen an; Kirila Petrowitsch setzte sich mit einigen Gästen an den Kartentisch, um Boston zu spielen; die Eßzimmeruhr schlug dreiviertel sieben. Marja Kirilowna trat leise auf die Treppe hinaus, sah sich nach allen Seiten um und lief in den Garten.

Der Abend war dunkel, der Himmel bedeckt, zwei Schritte vor sich konnte man nichts sehen; aber Marja Kirilowna eilte in der Dunkelheit auf den ihr wohlbekannten Gartenwegen und war schon nach einer Minute vor der Laube; hier blieb sie stehen und holte Atem, um mit gleichgültiger Miene und nicht überhastet vor Deforges. zu erscheinen. Aber Deforges stand schon vor ihr.

»Ich danke Ihnen,« sagte er ihr mit leiser und trauriger Stimme, »daß Sie mir meine Bitte nicht abgeschlagen haben. Ich müßte verzweifeln, wenn Sie nicht gekommen wären.«

Marja Kirilowna antwortete mit einer Phrase, die sie schon vorher vorbereitet hatte: »Ich hoffe, Sie werden mich nicht zwingen, mein Entgegenkommen zu bereuen.« Er schwieg und schien nach Fassung zu ringen. »Die Umstände verlangen es ... ich muß Sie bald verlassen ...« sagte er endlich. »Sie werden vielleicht bald etwas hören ... doch vor der Trennung muß ich mich aussprechen.« Marja Kirilowna antwortete nichts. In diesen Worten sah sie eine Einleitung zu der erwarteten Erklärung.

»Ich bin nicht der, für den Sie mich halten,« fuhr er mit gesenktem Haupte fort. »Ich bin nicht der Franzofe Deforges, ich bin Dubrowskij.«

Marja Kirilowna schrie auf.

»Fürchten Sie sich nicht, um Gottes willen. Sie dürfen meinen Namen nicht fürchten. Ja, ich bin jener Unglückliche, dem Ihr Vater das letzte Stück Brot genommen, den er aus dem Vaterhause vertrieben und als Räuber aus die Landstraße geschickt hat. Aber Sie sollen weder für sich selbst noch für ihn fürchten. Alles ist zu Ende ... ich habe ihm vergeben; hören Sie: Sie haben ihn gerettet. Meine erste Bluttat sollte ihm gelten. Ich umschlich sein Haus, um die Stelle zu wählen, wo die Feuersbrunst aufflammen sollte, ich überlegte mir, auf welchem Wege ich in sein Schlafzimmer eindringen, wie ich ihm alle Möglichkeiten der Rettung abschneiden könnte; in diesem Augenblick gingen Sie an mir vorüber, wie eine himmlische Erscheinung, und mein Herz demütigte sich. Ich begriff, daß das Haus, in dem Sie wohnen, heilig ist, daß kein Wesen, das mit Ihnen durch die Bande des Blutes verbunden ist, meinem Fluche unterliegt. Ich verwarf jeden Gedanken an die Rache wie einen Wahnsinn. Tagelang irrte ich in der Nähe der Gärten von Pokrowskoje umher, in der Hoffnung, wenigstens aus der Ferne Ihr weißes Kleid zu sehen. Bei Ihren unvorsichtigen Spaziergängen folgte ich Ihnen, von Gebüsch zu Gebüsch schleichend, glücklich in dem Gedanken, daß für Sie keine Gefahr ist, wo ich heimlich anwesend bin. Endlich bot sich mir eine Gelegenheit, – ich kam in Ihr Haus. Diese drei Wochen waren für mich eine glückliche Zeit; die Erinnerung an sie wird mein trauriges Leben erhellen... Heute erhielt ich eine Nachricht, die es mir unmöglich macht, noch länger hier zu bleiben. Ich scheide von Ihnen heute noch, sofort... Aber vorher mußte ich Ihnen alles enthüllen, damit Sie mich nicht verdammen und nicht verachten. Gedenken Sie zuweilen Dubrowskijs. Seien Sie versichert, daß er zu einer anderen Bestimmung geboren war, daß seine Seele Sie zu lieben verstand, daß niemals ...«

In diesen Augenblick ertönte ein gellender Pfiff, Dubrowskij verstummte. Er ergriff ihre Hand und drückte sie an seine brennenden Lippen. Es ertönte ein neuer Pfiff. »Leben Sie wohl,« sagte Dubrowskij, »man ruft mich; jeder Augenblick kann mein Verderben bedeuten.« Er eilte fort... Marja Kirilowna stand unbeweglich da. Dubrowskij kehrte zurück und erfaßte wieder ihre Hand. »Wenn Sie einmal,« sagte er mit zärtlicher und inniger Stimme, »von einem Unglück betroffen werden und von niemand Hilfe oder Schutz erwarten können, versprechen Sie mir dann, sich an mich zu wenden und von mir alles zu verlangen, was Ihre Rettung erheischt? Versprechen Sie mir, meine Ergebenheit nicht zurückzuweisen?« Marja Kirilowna weinte still in sich hinein. Der Pfiff ertönte zum drittenmal.

»Sie richten mich zugrunde!« rief Dubrowskij. »Ich lasse Sie nicht, ehe Sie mir geantwortet haben, ob Sie es mir versprechen oder nicht.«

»Ich verspreche es!« flüsterte die arme Schöne. Durch diese Zusammenkunft mit Dubrowskij aufs tiefste erregt, ging Marja Kirilowna aus dem Garten. Es kam ihr vor, als ob auf dem Hofe viele Menschen stünden, vor der Tür eine Troika wartete, alle Leute hin und her liefen und das ganze Haus in Bewegung wäre; schon aus der Ferne hörte sie die Stimme Kirila Petrowitschs und beeilte sich, ins Haus zu kommen, da sie fürchtete, ihre Abwesenheit könne bemerkt worden sein. Im Saal kam ihr Kirila Petrowitsch entgegen; die Gäste umringten den Isprawnik, den wir schon kennen, und überschütteten ihn mit Fragen. Der Isprawnik hatte Reisekleidung an, war bis an die Zähne bewaffnet und beantwortete die Fragen mit geheimnisvoller und besorgter Miene. »Wo bist du gewesen, Mascha?« fragte Kirila Petrowitsch: »Hast du nicht Monsieur Deforges gesehen?« Mascha konnte nur mit Mühe eine verneinende Antwort geben. »Denk' dir nur,« fuhr Kirila Petrowitsch fort, »der Isprawnik ist hergekommen, um ihn zu verhaften, und versichert mir, daß er Dubrowskij sei.« – »Das Signalement paßt auf ihn, Exzellenz,« sagte der Isprawnik ehrfurchtsvoll. – »Ach, Bruder,« unterbrach ihn Kirila Petrowitsch: »Scher' dich mit deinem Signalement. Ich will dir meinen Franzosen nicht ausliefern, bevor ich die Sache selbst untersucht habe. Wie kann man nur diesem feigen, groben Anton Pafnutjitsch auch nur ein Wort glauben: es hat ihm geträumt, daß der Lehrer ihn berauben wollte. Warum hat er dann gleich am Morgen kein Wort davon gesagt...« – »Der Franzose hat ihm solche Angst eingejagt, Exzellenz,« antwortete der Isprawnik, »und hat ihm den Eid abgenommen, daß er schweigen werde.« –

»Unsinn!« entschied Kirila Petrowitsch. »Ich werde ihn gleich über-
führen. Wo ist denn der Lehrer?« fragte er einen eintretenden Diener. – »Man kann ihn nirgends finden,« antwortete der Diener. –
»So soll man ihn suchen!« schrie Trojekurow, dem jetzt Zweifel
kamen. »Zeig' mir mal dein berühmtes Signalement,« wandte er
sich an den Isprawnik, der ihm sofort das Papier reichte. »Hm! Hm!
Dreiundzwanzig Jahre usw. Das stimmt alles, beweist aber noch
nichts. Wo ist denn der Lehrer?« – »Man kann ihn nirgends finden,«
lautete wieder die Antwort. Kirila Petrowitsch fing an, unruhig zu
werden; Marja Kirilowna stand mehr tot als lebendig da. »Du bist
so blaß, Mascha,« sagte ihr der Vater: »Man hat dich wohl er-
schreckt?« – »Nein, Papachen,« antwortete Mascha, »ich habe
Kopfweh.« – »Mascha, geh' auf dein Zimmer und mache dir keine
Sorgen.« Mascha küßte ihm die Hand und ging schnell hinaus; in
ihrem Zimmer sank sie aufs Bett und brach in ein hysterisches
Schluchzen aus. Die Dienstmägde liefen zusammen, entkleideten sie
und brachten sie endlich mit kaltem Wasser und allen möglichen
Tropfen zur Besinnung; man legte sie hin, und sie schlief ein. Den
Franzosen konnte man noch immer nicht finden. Kirila Petrowitsch
ging im Zimmer auf und ab und pfiff mit drohender Miene den
Marsch: »Laut erdröhne Siegesjubel.« Die Gäste tuschelten miteinander; der Isprawnik stand wie ein Narr da; den Franzosen fand
man nicht. Offenbar hatte er sich aus dem Staube gemacht, nachdem er rechtzeitig gewarnt worden war. Aber wie und von wem? –
dies blieb unerklärlich.

Die Uhr schlug elf, aber niemand dachte an den Schlaf. Kirila Petrowitsch sagte endlich böse zum Isprawnik: »Nun, was gibts? Du
wirst doch nicht bis morgen früh hier bleiben; mein Haus ist kein
Gasthof. Du bist nicht geschickt genug, Bruder, um den Dubrowskij
zu fangen, wenn es überhaupt Dubrowskij ist. Geh' nach Hause und
sei in Zukunft flinker. Es ist auch für euch Zeit, aufzubrechen,« fuhr
er fort, sich an die Gäste wendend. »Laßt anspannen, denn ich will
schlafen.« So ungnädig verabschiedete sich Trojekurow von seinen
Gästen.

Dreizehntes Kapitel

Es verging einige Zeit ohne besondere Ereignisse. Aber zu Anfang des nächsten Sommers gab es viele Veränderungen im Hause Kirila Petrowitschs.

Dreißig Werst von seinem Gute lag der reiche Besitz des Fürsten Werejskij. Der Fürst hatte sich lange Zeit im Auslande aufgehalten; sein Gut wurde von einem verabschiedeten Major verwaltet, und zwischen Pokrowskoje und Arbatow bestanden keinerlei Beziehungen. Ende Mai kehrte der Fürst aus dem Auslande in seine Heimat zurück und kam auf sein Gut, das er noch nie im Leben gesehen hatte. An die Zerstreuungen des großen Lebens gewöhnt, konnte er die Vereinsamung nicht ertragen und begab sich schon am dritten Tage nach seiner Ankunft zum Mittagessen zu Trojekurow, mit dem er einst bekannt gewesen war.

Der Fürst war gegen fünfzig Jahre alt, schien aber viel älter. Ausschweifungen aller Art hatten seine Gesundheit erschüttert und ihm ihren unauslöschlichen Stempel aufgedrückt. Er lechzte immer nach Zerstreuungen und empfand fortwährend Langeweile. Trotz alledem war sein Äußeres anziehend und interessant, und der Gewohnheit an ständigen gesellschaftlichen Verkehr verdankte er eine gewisse Liebenswürdigkeit, besonders im Umgange mit Damen. Kirila Petrowitsch war über seinen Besuch sehr erfreut und faßte diesen als Zeichen der Hochachtung eines Menschen aus der großen Welt auf. Seiner Gewohnheit gemäß ließ er den Gast zuerst alle seine Wirtschaftseinrichtungen besichtigen und führte ihn in den Hundezwinger. Aber der Fürst erstickte schier in der Hundeatmosphäre und eilte hinaus, indem er sich sein parfümiertes Taschentuch vor die Nase hielt. Der alte Garten mit den gestutzten Linden, dem viereckigen Teich und den regelmäßigen Alleen gefiel ihm nicht: er liebte englische Parks oder die sogenannte Natur; aber er lobte alles und schien entzückt. Ein Diener meldete, daß das Essen aufgetragen sei. Sie gingen zu Tisch. Der Fürst, den der Spaziergang ermüdet hatte, hinkte und bereute schon seinen Besuch.

Aber im Saal empfing ihn Marja Kirilowna, und der alte Courschneider war von ihrer Schönheit entzückt. Trojekurow wies ihm den Platz an ihrer Seite an. Der Fürst wurde in ihrer Nähe lebhaft und lustig und fesselte einigemal ihre Aufmerksamkeit durch seine interessanten Erzählungen. Nach dem Essen schlug Kirila Petrowitsch vor, einen Spazierritt zu machen, aber der Fürst entschuldigte sich unter Hinweis auf seine Samtstiefel und scherzte über sein Podagra. Er schlug eine Spazierfahrt in einer Liniendroschke vor, um sich von seiner lieblichen Nachbarin nicht trennen zu müssen. Die Liniendroschke wurde angespannt. Die beiden Alten und die junge Schöne nahmen Platz und fuhren aus dem Hofe. Das Gespräch geriet für keinen Augenblick ins Stocken. Marja Kirilowna hörte mit Vergnügen die schmeichelhaften und lustigen Bemerkungen des Salonmenschen an. Plötzlich wandte sich Fürst Werejskij an Kirila Petrowitsch mit der Frage, was das für ein niedergebranntes Gebäude sei und ob es ihm gehöre? Kirila Petrowitsch runzelte die Stirne: die Erinnerungen, die das abgebrannte Gut in ihm weckte, waren ihm unangenehm. Er antwortete, daß das Land jetzt ihm gehöre und früher Dubrowskij gehört habe. »Dubrowskij?« wiederholte Werejskij: »Wie, diesem berühmten Räuber?« – »Seinem Vater,« antwortete Trojekurow; »aber auch sein Vater war ein ordentlicher Räuber.«

»Wo ist denn unser Rinaldo hingekommen? Hat man ihn ergriffen, lebt er noch?«

»Er lebt und ist in Freiheit. Solange wir lauter Verbrecher und Diebe zu Isprawniks haben, wird man ihn nicht fangen; à propos, Fürst: hat er nicht auch deinem Arbatowo einen Besuch abgestattet?«

»Ja, im vorigen Jahre hat er, glaub' ich, etwas geplündert oder in Brand gesteckt. Nicht wahr, Marja Kirilowna, es wäre doch recht interessant, eine nähere Bekanntschaft dieses romantischen Helden zu machen?«

»Warum sollte das interessant sein?« sagte Trojekuro. »Sie ist mit ihm schon bekannt. Er gab ihr ganze drei Wochen Musikunterricht und hat dafür, Gott sei keine Bezahlung genommen.« Nun erzählte Kirila Petrowitsch vom vermeintlichen französischen Lehrer. Marja Kirilowna saß wie aus Nadeln. Werejskij hörte mit gespannter Aufmerksamkeit zu, fand alles sehr sonderbar und brachte das Gespräch auf andere Dinge. Nach Pokrowskoje zurückgekehrt, ließ er anspannen und fuhr, trotz der inständigen Bitten Kirila Petrowitschs, über Nacht dazubleiben, gleich nach dem Tee ab; vorher hatte er aber Kirila Petrowitsch gebeten, ihn mit Marja Kirilowna zu besuchen, und der stolze Trojekurow versprach es ihm, da er den Fürsten Werejskij, in Anbetracht des Fürstentitels, der zwei Ordenssterne und des Erbgutes mit dreitausend leibeigenen Seelen, gewissermaßen für seinesgleichen hielt.

Vierzehntes Kapitel

Zwei Tage nach seinem Besuch begab sich Kirila Petrowitsch mit der Tochter zum Fürsten Werejskij. Als er sich Arbatowo näherte, konnte er die sauberen, lustigen Bauernhäuser und das steinerne, im Stile der englischen Schlösser erbaute Herrenhaus gar nicht genug bewundern. Vor dem Hause lag eine ovale tiefgrüne Wiese, auf der Schweizer Kühe mit Glocken am Halse weideten. Ein ausgedehnter Park umgab das Haus von allen Seiten. Der Hausherr empfing die Gäste auf der Freitreppe und bot der jungen Schönen seinen Arm. Sie traten in einen prunkvollen Saal, wo der Tisch für drei Personen gedeckt war. Der Fürst führte seine Gäste zum Fenster, wo sich ihnen eine entzückende Aussicht bot. Die Wolga strömte an den Fenstern vorüber; auf ihr zogen beladene Barken mit geblähten Segeln und huschten Fischerboote vorbei, die man so bezeichnend »Seelenverkäufer« nennt. Hinter dem Flusse lagen Hügel und Felder; einige Dörfer belebten das Bild. Dann nahmen sie die Bildergalerie in Augenschein, die der Fürst im Auslande erworben hatte. Der Fürst erklärte Marja Kirilowna die verschiedenen Vorzüge und Mängel der Gemälde. Er sprach von ihnen nicht in der konventionellen Sprache eines pedantischen Kenners, sondern mit Gefühl und Phantasie. Marja Kirilowna hörte ihm mit Vergnügen zu. Nun begaben sie sich an die Tafel. Trojekurow ließ den Weinen seines Gastgebers und der Kunst dessen Koches volle Gerechtigkeit widerfahren, und Marja Kirilowna fühlte in der Unterhaltung mit diesem Manne, den sie zum zweitenmal in ihrem Leben sah, nicht die geringste Gezwungenheit oder Befangenheit. Nach dem Essen führte der Hausherr seine Gäste in den Garten. Sie tranken Kaffee in einer Laube am Ufer eines großen Sees, auf dem viele Inseln lagen. Plötzlich ertönte Hornmusik, und ein sechsrudriges Boot legte am Ufer unmittelbar vor der Laube an. Sie fuhren über den See, an den Inseln vorbei und besichtigten einige derselben: auf der einen fanden sie eine Marmorstatue, auf der anderen eine einsame Grotte, auf der dritten ein Denkmal mit einer geheimnisvollen Inschrift, die die Neugier des jungen Mädchens erweckte, welche jedoch durch die höflichen Andeutungen des Fürsten kaum befriedigt wurde. Die Zeit verging unbemerkt. Der Abend dämmerte. Der Fürst beeilte sich, unter Hinweis auf die Kühle und den Tau, die Gäste ins Haus zu bringen, wo sie der Samowar erwartete. Der Fürst bat Marja Kirilowna, die Rolle der Hausfrau im Heime des alten Junggesellen zu übernehmen. Sie schenkte den Tee ein und lauschte den unerschöpflichen Erzählungen des liebenswürdigen Schwätzers. Plötzlich ertönte ein Knall – und eine Rakete erleuchtete den nächtlichen Himmel... Der Fürst reichte Marja Kirilowna einen Schal und führte sie und Trojekurow auf den Balkon. Im Dunkeln vor dem Hause leuchteten bunte Flammen auf, sie drehten sich im Kreise, stiegen als Garben hinauf, sprudelten als Fontänen nieder, fielen als Regen von Sternen herab, erloschen und flammten von neuem auf. Marja Kirilowna freute sich wie ein Kind. Fürst Werejskij weidete sich an ihrer Freude, und Trojekurow war mit ihm sehr zufrieden, da er tous le frais des Fürsten als Zeichen der Hochachtung und des Bestrebens, ihm gefällig zu sein, auffaßte. Das Souper stand an Güte dem Mittagessen in keiner Beziehung nach. Die Gäste begaben sich in die für sie bestimmten Gemächer und verabschiedeten sich am nächsten Morgen vom liebenswürdigen Hausherrn, wobei sie einander versprachen, sich recht bald wiederzusehen.

Fünfzehntes Kapitel

Marja Kirilowna saß in ihrem Zimmer am offenen Fenster vor dem Stickrahmen. Sie brachte die verschiedenen Seiden nicht durcheinander wie die Geliebte Konrads, welche in ihrer verliebten Zerstreutheit eine Rose mit grüner Seide stickte. Unter ihrer Nadel entstanden aus dem Kanevas getreu die Muster der Vorlage, obwohl ihre Gedanken nicht bei der Arbeit waren, – sie weilten in weiter Ferne.

Plötzlich erschien im Fenster unhörbar eine Hand: jemand legte auf den Stickrahmen einen Brief und verschwand, ehe Marja Kirilowna sich zu besinnen vermochte. Im gleichen Augenblick kam ein Diener und rief sie zu Kirila Petrowitsch. Sie verbarg den Brief mit zitternden Händen in ihrem Brusttuch und eilte ins Kabinett zum Vater.

Kirila Petrowitsch war nicht allein. Bei ihm saß Fürst Werejskij. Beim Erscheinen Marja Kirilownas erhob er sich und verbeugte sich mit einer ihm sonst nicht eigenen Verlegenheit. »Komm mal her, Mascha,« sagte Kirila Petrowitsch. »Ich will dir eine Neuigkeit mitteilen, die dich hoffentlich freuen wird. Hier hast du einen Bräutigam. Der Fürst hält um deine Hand an.«

Mascha erschrak; Totenblässe bedeckte ihr Gesicht. Sie schwieg. Der Fürst ging auf sie zu, nahm ihre Hand und fragte sie mit dem Ausdrucke von Rührung, ob sie bereit sei, sein Glück zu begründen. Mascha schwieg.

»Sie ist einverstanden, natürlich ist sie einverstanden,« sagte Kirila Petrowitsch. »Aber weißt du, Fürst, einem jungen Mädchen fällt es schwer, dieses Wort auszusprechen. Nun, Kinder, küßt euch und seid glücklich.«

Mascha stand regungslos da, der alte Fürst küßte ihr die Hand; plötzlich liefen die Tränen über ihr blasses Gesicht. Der Fürst runzelte leicht die Stirne.

»Hinaus, hinaus, hinaus!« sagte Kirila Petrowitsch. »Geh', trockne deine Tränen und komme lustig zu uns zurück. Sie weinen alle bei der Verlobung,« fuhr er fort, sich an Werejskij wendend. »Das ist bei ihnen schon mal Sitte. Nun wollen wir von den Geschäften sprechen, Fürst, das heißt von der Mitgift.«

Marja Kirilowna machte von der Erlaubnis, sich entfernen zu dürfen, gerne Gebrauch. Sie lief in ihr Zimmer, schloß sich ein und ließ, indem sie sich schon als die Frau des alten Fürsten dachte, den Tränen freien Lauf; plötzlich kam er ihr widerlich und verhaßt vor... Die Ehe mit ihm erschreckte sie wie das Schafott, wie das Grab. »Nein, nein!« wiederholte sie voll Verzweiflung: »Lieber geh' ich ins Kloster, lieber heirate ich Dubrowskij...« Da fiel ihr der Brief ein und sie nahm ihn sich vor, da sie ahnte, daß er von ihm sein müsse. Der Brief war tatsächlich von Dubrowskij und enthielt bloß folgende Worte: »Abends, um neun Uhr, an derselben Stelle.«

Der Mond leuchtete; die ländliche Nacht war still; ab und zu erhob sich ein Windchen, und ein leises Rauschen lief durch den ganzen Garten.

Die junge Schöne nahte wie ein leichter Schatten der verabredeten Stelle. Es war noch niemand zu sehen; plötzlich trat hinter der Laube Dubrowskij hervor. »Ich weiß alles,« sagte er ihr mit leiser und trauriger Stimme: »Erinnern Sie sich Ihres Versprechens.«

»Sie bieten mir Ihren Schutz an?« entgegnete Mascha. »Seien Sie mir nicht böse: Ihr Vorschlag macht mir Angst. Auf welche Weise wollen Sie mir helfen?«

»Ich könnte Sie von dem verhaßten Menschen befreien.« »Um Gottes willen, rühren Sie ihn nicht an, wagen Sie nicht, ihn anzurühren, wenn Sie mich lieben: ich will nicht eine schreckliche Tat verschulden...«

»Ich werde ihn nicht anrühren: Ihr Wille ist mir heilig. Ihnen dankt er sein Leben. In Ihrem Namen soll kein Verbrechen begangen werden. Sie dürfen selbst von meinen Freveltaten nicht befleckt werden. Aber wie rette ich Sie vor Ihrem grausamen Vater?«

»Ich habe noch eine Hoffnung: ich will versuchen, ihn durch meine Tränen, durch meine Verzweiflung zu rühren. Er ist eigensinnig, aber er liebt mich so sehr.« »Machen Sie sich keine vergeblichen Hoffnungen: in Ihren Tränen wird er nur die gewöhnliche Furcht und Scheu sehen, die alle jungen Mädchen haben, wenn sie nicht aus Leidenschaft, sondern aus vernünftiger Berechnung heiraten sollen; wenn er sich aber in den Kopf setzt, Ihr Glück auch gegen Ihren Willen zu begründen? Wenn man Sie mit Gewalt zur Trauung führt, um Ihr Schicksal für immer in die Gewalt eines alten Mannes zu geben?«

»Dann, dann ist wohl nichts zu machen – dann holen Sie mich, und ich werde die Ihre werden.«

Dubrowskij erzitterte; sein blasses Gesicht rötete sich und wurde gleich darauf noch blasser als zuvor. Lange, lange schwieg er gesenkten Hauptes.

»Nehmen Sie alle Kraft Ihrer Seele zusammen, stehen Sie Ihren Vater an, werfen Sie sich ihm zu Füßen, schildern Sie ihm das ganze Grauen der Zukunft, Ihre Jugend, die an der Seite eines hinfälligen und lasterhaften Greises welken soll; sagen Sie ihm, daß der Reichtum Ihnen auch nicht einen einzigen glücklichen Augenblick darbieten wird; Luxus kann nur die Armut trösten, und auch das nur kurze Zeit, solange er neu ist; lassen Sie von ihm nicht ab, fürchten Sie nicht seinen Zorn und seine Drohungen, solange Ihnen auch nur der Schatten einer Hoffnung bleibt; um Gottes willen, lassen Sie von ihm nicht ab. Und wenn kein anderes Mittel mehr bleibt, so entschließen Sie sich zu einer grausamen Erklärung: sagen Sie ihm, daß Sie, wenn er unerbittlich bleibt, einen ... einen furchtbaren Beschützer finden...«

Dubrowskij bedeckte sein Gesicht mit den Händen; er schien um Atem zu ringen. Mascha weinte...

»Mein armes Los!« sagte er, mit einem bitteren Seufzer. »Für Sie hätte ich mein Leben hingegeben; Sie aus der Ferne zu sehen, Ihre Hand zu berühren wäre mir die höchste Wonne; aber jetzt, wo sich mir die Möglichkeit bietet, Sie an mein erregtes Herz zu drücken und Ihnen zu sagen: ›Mein Engel, laß uns sterben!‹ – muß ich Armer dieses Glück verschmähen, muß es mit aller Kraft von mir weisen... Ich wage es nicht, mich Ihnen zu Füßen zu werfen und dem Himmel für den unfaßbaren, unverdienten Lohn zu danken. Oh, wie muß ich jenen Menschen hassen ... aber ich fühle, daß in meinem Herzen jetzt kein Raum für den Haß ist.«

Er umschlang leise ihre schlanke Gestalt und zog sie sanft an sein Herz. Vertrauensvoll schmiegte sie ihren Kopf an die Schulter des jungen Räubers – beide schwiegen... Die Minuten flogen dahin. – »Es ist Zeit,« sagte endlich Mascha. Dubrowskij erwachte gleichsam aus einem Traum. Er ergriff ihre Hand und steckte ihr einen Ring an den Finger.»Wenn Sie sich entschließen, meine Hilfe anzurufen,« sagte er, »so bringen Sie diesen Ring hierher und versenken Sie ihn in die Höhlung dieser Eiche; dann werde ich wissen, was ich zu tun habe.«

Dubrowskij küßte ihr die Hand und verschwand zwischen den Bäumen.

Sechzehntes Kapitel

Die Verlobung des Fürsten Werejskij war für die Nachbarn kein Geheimnis mehr. Kirila Petrowitsch nahm Glückwünsche entgegen; alle Vorbereitungen für die Hochzeitsfeier wurden schon getroffen. Mascha schob die entscheidende Aussprache von einem Tage zum anderen hinaus. Ihr Benehmen gegen den alten Bräutigam war kühl und gezwungen. Der Fürst machte sich darum keine Sorgen: mit ihrer stillschweigenden Zustimmung zufrieden, bewarb er sich nicht um ihre Liebe.

Aber die Tage vergingen. Mascha entschloß sich endlich zum Handeln und schrieb dem Fürsten Werejskij einen Brief. Sie versuchte in seinem Herzen Großmut zu wecken; sie gestand ihm aufrichtig, daß sie nicht die geringste Zuneigung zu ihm empfinde; sie flehte ihn an, auf ihre Hand zu verzichten und sie vor der Willkür des Vaters zu schützen. Diesen Brief steckte sie dem Fürsten heimlich zu.

Er las ihn zu Hause und ließ sich durch die seiner Braut keineswegs rühren. Im Gegenteil, er erblickte darin die Notwendigkeit, die Hochzeit zu beschleunigen und hielt es daher für richtig, den Brief seinem zukünftigen Schwiegervater zu zeigen.

Kirila Petrowitsch geriet in Wut; der Fürst vermochte ihn nur mit Mühe zu bewegen, Mascha nichts davon merken zu lassen, daß er über den Brief unterrichtet sei. Kirila Petrowitsch versprach ihm, mit ihr darüber nicht zu sprechen, entschloß sich aber, keine Zeit zu verlieren und die Hochzeit gleich am nächsten Tage zu feiern. Der Fürst fand dies sehr vernünftig. Er ging zu seiner Braut, sagte ihr, daß ihr Brief ihn sehr traurig gestimmt habe, daß er aber hoffe, mit der Zeit ihre Neigung zu erwerben; daß der Gedanke, auf sie zu verzichten, ihm viel zu schwer sei und daß er nicht die Kraft habe, sich selbst das Todesurteil zu sprechen. Darauf küßte er ihr ehrerbietig die Hand und entfernte sich, ohne ihr auch ein Wort vom Entschlusse Kirila Petrowitschs gesagt zu haben. Kaum war er aber fortgefahren, so trat ihr Vater in ihr Zimmer und befahl ihr ohne viele Worte, sich für den nächsten Tag bereit zu machen. Marja Kirilowna, die schon durch die Erklärung des Fürsten Werejskij erregt war, brach in Tränen aus und warf sich ihrem Vater zu Füßen. »Papa!« schrie sie mit kläglicher Stimme: »Papa! Richten Sie mich nicht zugrunde: ich liebe den Fürsten nicht und will nicht seine Frau werden.«

»Was soll das heißen?« sagte Kirila Petrowitsch zornig. »Bisher hast du geschwiegen und warst mit allem einverstanden, und jetzt, wo alles beschlossen ist, fällt es dir plötzlich ein, Geschichten zu machen und dich zu weigern. Mach' keine Dummheiten; damit erreichst du bei mir nichts.«

»Richten Sie mich nicht zugrunde!« wiederholte die arme Mascha »Warum verstoßen Sie mich, warum geben Sie mich einem Manne, den ich nicht liebe? Sind Sie meiner überdrüssig geworden? Ich will wie bisher bei Ihnen bleiben. Sie werden sich ohne mich grämen, Papa; und Sie werden noch trauriger sein beim Gedanken, daß ich unglücklich bin. Papa, zwingen Sie mich nicht, ich will nicht heiraten.«

Kirila Petrowitsch war gerührt, unterdrückte aber seine Erregung und stieß sie von sich mit den rauhen Worten: »Alles ist Unsinn, hörst du? Ich weiß besser als du, was zu deinem Glücke dient. Die Tränen werden dir nicht helfen. übermorgen ist deine Hochzeit.« »Übermorgen!« rief Mascha aus. »Mein Gott! Nein, nein, das ist unmöglich, das darf nicht sein! Papa, hören Sie: wenn Sie sich schon entschlossen haben, mich zugrunde zu richten, so werde ich einen Beschützer finden, an den Sie gar nicht denken; Sie werden sich entsetzen, Sie werden sehen, wozu Sie mich getrieben haben.«

»Was? Was?« sagte Trojekurow. »Du drohst mir? Du drohst mir? Freches Mädel! Weißt du auch, was ich mit dir machen werde? Du wagst es, mir mit einem Beschützer zu drohen! Wir werden sehen, wer dieser Beschützer ist!«

»Es ist Wladimir Dubrowskij,« antwortete Mascha in ihrer Verzweiflung.

Kirila Petrowitsch dachte, sie sei verrückt geworden, und sah sie erstaunt an. »Gut!« sagte er ihr nach einigem Schweigen: »Erwarte Schutz von wem du willst, einstweilen bleibst du aber in diesem Zimmer, – du wirst es bis zur Hochzeit nicht verlassen.« Mit diesen Worten ging Kirila Petrowitsch hinaus und verschloß hinter sich die Tür. Lange weinte das arme Mädchen, indem sie sich vorstellte, was sie erwartete; aber die stürmische Aussprache erleichterte ihre Seele, und sie konnte jetzt ruhiger über ihr Los und das, was sie zu tun hatte, nachdenken. Das wichtigste war jetzt für sie, der verhaßten Ehe zu entgehen; das Los der Gattin eines Räubers erschien ihr als ein Paradies im Vergleich mit dem Schicksal, das sie erwartete. Sie sah den Ring an, den ihr Dubrowskij zurückgelassen hatte. Sie hatte das sehnlichste Verlangen, ihn noch einmal unter vier Augen zu sehen und sich mit ihm vor dem entscheidenden Augenblick noch einmal lange zu beraten. Eine Ahnung sagte ihr, daß sie Dubrowskij abends vor der Laube finden würde; sie entschloß sich, ihn dort zu erwarten, sobald es dunkel werden würde. Der Abend brach an; sie wollte schon gehen; aber die Tür war verschlossen. Das Dienstmädchen sagte ihr hinter der Tür, daß Kirila Petrowitsch verboten habe, sie herauszulassen. Sie saß im Arrest. Tief gekränkt, setzte sie sich ans Fenster und saß bis in die späte Nacht hinein da, ohne sich auszukleiden, den Blick unbeweglich zum dunklen Himmel gerichtet. In der Morgendämmerung schlummerte sie ein, aber ihr Schlaf war von traurigen Traumbildern getrübt, und die Strahlen der aufgehenden Sonne weckten sie.

Siebzehntes Kapitel

Sie erwachte, und schon beim ersten Gedanken sah sie ihre verzweifelte Lage ein. Sie läutete; ein Mädchen trat ins Zimmer und antwortete ihr auf ihre Frage, daß Kirila Petrowitsch gestern abend nach *** gefahren und erst spät zurückgekehrt sei; daß er den strengen Befehl gegeben habe, sie nicht aus dem Zimmer zu lassen und achtzugeben, daß niemand mit ihr spreche; daß im übrigen keinerlei Vorbereitungen für die Hochzeit getroffen seien, abgesehen davon, daß der Pope den Befehl bekommen habe, das Dorf unter keinen Umständen zu verlassen. Nach diesen Mitteilungen ließ das Mädchen Marja Kirilowna allein und verschloß wieder die Tür.

Die Worte des Dienstmädchens erbitterten die junge Gefangene. Ihr Kopf schwindelte, ihr Blut siedete; sie entschloß sich, Dubrowskij über alles zu benachrichtigen und suchte nach einem Mittel, den Ring zur Eiche zu schicken. In diesem Augenblick flog ein Steinchen gegen ihr Fenster. Marja Kirilowna sah hinaus und erblickte den kleinen Sascha, der ihr zuwinkte. Sie kannte seine Anhänglichkeit und freute sich über ihn. Sie machte das Fenster auf. »Guten Tag, Sascha, was rufst du mich?« – »Ich bin

gekommen, Schwesterchen, um Sie zu fragen, ob Sie nicht etwas brauchen. Papa ist böse und hat dem ganzen Hause verboten, Ihnen zu gehorchen; aber befehlen Sie mir etwas, ich werde für Sie alles tun.«

»Ich danke, mein lieber Sascha. Hör' mal, kennst du die alte hohle Eiche bei der Laube?«

»Gewiß, Schwesterchen.«

»Wenn du mich also liebst, so laufe schnell hin und tu' diesen Ring in die Höhlung; aber pass' auf, daß dich niemand sieht.«

Mit diesen Worten warf sie ihm den Ring hinaus und schloß das Fenster

Der Junge hob den Ring auf, lief so schnell er konnte und erreichte schon nach drei Minuten den Baum. Hier blieb er schwer atmend stehen, sah sich nach allen Seiten um und legte den Ring in die Höhlung. Nachdem er den Auftrag glücklich erledigt hatte, wollte er schon zurücklaufen, um es Marja Kirilowna mitzuteilen, als plötzlich ein rothaariger, halbzerlumpter Junge hinter der Laube auftauchte, zum Baume stürzte und die Hand in die Höhlung steckte. Schneller als ein Eichhörnchen stürzte sich Sascha auf ihn und umklammerte ihn mit beiden Händen.

»Was suchst du hier?« fragte er ihn drohend.

»Was geht es dich an?« antwortete der Junge, indem er sich bemühte, sich von ihm zu befreien.

»Laß den Ring hier, Roter,« schrie Sascha, »oder ich werde dich lehren.«

Statt einer Antwort gab ihm jener einen Faustschlag ins Gesicht; aber Sascha ließ ihn nicht los und schrie aus vollem Halse:»Diebe, Diebe! Hierher, hierher!«

Der Junge suchte sich von ihm zu befreien. Er war wohl um zwei Jahre älter und bedeutend stärker, aber Sascha war gewandter. Sie rangen einige Minuten; schließlich behielt der Rothaarige die Oberhand. Er warf Sascha zu Boden und packte ihn an der Kehle. Aber in diesem Augenblick krallte sich eine starke Hand in seine roten, struppigen Haare, und der Gärtner Stepan hob ihn einen halben Arschin vom Boden.

»Ach du, rothaarige Bestie,« sagte der Gärtner.»Wie wagst du es, unseren kleinen Herrn zu schlagen?«

Sascha sprang auf und erholte sich.

»Du hast mich unter den Armen gefaßt,« sagte er,»sonst hättest du mich niemals umgeworfen. Gib gleich den Ring her und scher' dich.«

»Ja, Schnecken,« antwortete der Rothaarige. Er drehte sich schnell um und befreite seine Borsten aus der Hand Stepans.

Er ergriff die Flucht, aber Sascha holte ihn ein und stieß ihn in den Rücken, so daß der Junge hinfiel. Der Gärtner packte ihn wieder und fesselte ihn mit seinem Gürtel.

»Gib den Ring her!« schrie Sascha.

»Wart', Herr,« sagte Stepan, »wir wollen ihn zum Verwalter bringen, der wird ihn schon bestrafen.«

Der Gärtner führte den Gefangenen auf den Herrenhof; Sascha begleitete ihn und sah besorgt auf seine zerrissene und mit Gras beschmutzte Hose. Plötzlich standen sie alle drei vor Kirila Petrowitsch, der gerade seine Stallungen besichtigen wollte.

»Was ist das?« fragte er Stepan.

Stepan erzählte ihm in kurzen Worten den ganzen Vorfall. Kirila Petrowitsch hörte ihn aufmerksam an.

»Was hast du dich mit ihm eingelassen, du Taugenichts?!« fragte er Sascha.

»Er hat einen Ring aus der hohlen Eiche gestohlen, Papachen; sagen Sie ihm, daß er ihn herausgibt.« »Was für einen Ring? Aus was für einer hohlen Eiche?« »Marja Kirilowna hat mir ... den Ring ...« Sascha wurde verlegen und stockte. Kirila Petrowitsch runzelte die Stirne und sagte kopfschüttelnd: »Marja Kirilowna ist also in die Sache verwickelt. Gesteh' mir alles, sonst werde ich dir die Rute geben, daß dir Hören und Sehen vergeht.«

»Bei Gott, Papachen, ich ... Papachen ... Marja Kirilowna hat mir nichts befohlen, Papachen.« »Stepan! Geh', schneide mir eine gute frische Birkenrute ab.«

»Warten Sie, Papachen, ich will Ihnen alles erzählen. Ich spielte heute aus dem Hofe, und Schwesterchen Marja Kirilowna öffnete das Fenster; ich lief herbei, und sie ließ den Ring unabsichtlich fallen, ich versteckte den Ring in die hohle Eiche, und ... und ... dieser rothaarige Junge wollte den Ring stehlen.«

»Sie ließ ihn unabsichtlich fallen, du wolltest ihn verstecken ... Stepan! Geh', bring' die Rute.«

»Papachen, warten Sie, ich werde alles erzählen. Schwesterchen Marja Kirilowna befahl mir, zur Eiche zu laufen und den Ring in die Höhlung zu legen; ich lief auch hin und steckte den Ring hinein, aber dieser böse Junge...«

Kirila Petrowitsch wandte sich an den bösen Jungen und fragte ihn streng: »Wem gehörst du?«

»Ich bin Leibeigener des Herrn Dubrowskij,« antwortete er. Kirila Petrowitsch machte ein finsteres Gesicht.

»Du erkennst mich wohl nicht als deinen Herrn an, schön. Und was hast du in meinem Garten gesucht?«

»Ich habe Himbeeren gestohlen,« antwortete der Junge höchst gleichgültig.

»Aha! Wie der Herr, so der Knecht; wie der Pfarrer, so der Sprengel; wachsen aber Himbeeren an meinen Eichen? Hast du mal so was gehört?«

Der Junge antwortete nichts.

»Papachen, sagen Sie ihm, daß er den Ring zurückgeben soll,« sagte Sascha.

»Schweig', Alexander!« antwortete Kirila Petrowitsch. »Vergiß nicht, daß ich mit dir noch abrechnen will. Geh' auf dein Zimmer. Und du scheinst mir gar nicht so dumm zu sein; wenn du mir alles gestehst, so erlasse ich dir die Ruten und schenke dir noch fünf Kopeken für Nüsse. Gib den Ring her und geh'.« Der Junge öffnete die Faust und zeigte, daß er nichts darin hatte. »Sonst erlebst du bei mir etwas, was du gar nicht erwartest. Nun!« Der Junge antwortete kein Wort und stand mit gesenktem Kopf wie blödsinnig da.

»Schön!« sagte Kirila Petrowitsch. »Sperrt ihn irgendwo ein und gebt acht, daß er nicht entwischt, sonst schinde ich euch allen die Haut vom Leibe.«

Stepan führte den Jungen in den Taubenschlag, schloß ihn dort ein und stellte die alte Geflügelwärterin Agafja als Wächterin auf.

– Es ist kein Zweifel, daß sie mit diesem verfluchten Dubrowskij Beziehungen unterhält. Sollte sie wirklich seine Hilfe angerufen haben? – dachte Kirila Petrowitsch, während er im Zimmer auf und ab ging und wütend den Marsch pfiff:»Laut erdröhne Siegesjubel.« – Vielleicht bin ich ihm auf die Spur gekommen, vielleicht entwischt er uns nicht mehr. Wir wollen den Zufall benutzen... Aha! Schellengeläute! Gott sei Dank, es ist der Isprawnik. Bringt mir den gefangenen Jungen her.« Indessen fuhr der Wagen in den Hof, und der uns schon bekannte Isprawnik trat staubbedeckt ins Zimmer.

»Eine schöne Neuigkeit!« sagte Kirila Petrowitsch.»Ich habe Dubrowskij gefangen.«

»Gott sei Dank, Exzellenz!« sagte der Isprawnik erfreut.

»Wo ist er denn?«

»Das heißt nicht Dubrowskij selbst, sondern einen aus seiner Bande. Man wird ihn gleich herbringen. Er wird uns helfen, den Räuberhauptmann selbst zu finden. Da ist er schon.«

Der Isprawnik, der einen schrecklichen Räuber zu sehen erwartete, war erstaunt, als er einen schwächlichen dreizehnjährigen Jungen vor sich sah. Er blickte Kirila Petrowitsch fragend an und wartete auf Aufklärungen. Kirila Petrowitsch erzählte ihm alles, was sich am Morgen ereignet hatte, ohne jedoch Marja Kirilowna zu erwähnen. Der Isprawnik hörte ihn aufmerksam an, jeden Augenblick den kleinen Taugenichts ansehend, der sich blödsinnig stellte und alles, was um ihn her geschah, ganz teilnahmlos hinzunehmen schien.

»Gestatten Sie, Exzellenz, mit Ihnen unter vier Augen zu sprechen,« sagte endlich der Isprawnik.

Kirila Petrowitsch führte ihn ins Nebenzimmer und schloß sich mit ihm dort ein.

Nach einer halbem Stunde kamen Sie wieder in den Saal, wo der Gefangene auf sein Urteil wartete.»Der Herr,« sagte ihm der Isprawnik,»wollte dich ins Zuchthaus sperren, knuten lassen und dann verschicken; aber ich trat für dich ein und erwirkte für dich Gnade. Bindet ihn auf!«

Man befreite ihn von den Fesseln.

»Bedanke dich bei dem Herrn,« sagte der Isprawnik.

Der Junge ging auf Kirila Petrowitsch zu und küßte ihm die Hand.

»Geh' nach Hause,« sagte ihm Kirila Petrowitsch, »und stiehl in Zukunft keine Himbeeren an hohlen Eichen.«

Der Junge ging hinaus, hüpfte lustig die Treppe hinunter und lief so schnell er konnte übers Feld nach Kistenjowka.

Beim Dorf angelangt, blieb er vor der halbzerfallenen Hütte ganz am Rande stehen und klopfte ans Fenster. Das Fenster wurde aufgemacht, und darin erschien eine alte

Frau.

»Großmutter, gib mir Brot!« sagte der Junge. »Ich habe seit heute früh nichts gegessen, ich sterbe vor Hunger.«

»Ach, das bist du, Mitja! Wo hast du dich herumgetrieben, du Taugenichts?« entgegnete die Alte.

»Das erzähle ich später, Großmutter. Gib mir Brot, um Gottes willen!«

»Komm doch in die Stube.«

»Ich habe keine Zeit, Großmutter: ich muß noch wo hinlaufen. Gib Brot, um Christi willen, Brot.«

»Dieser unruhige Geist!« brummte die Alte. »Hier hast du ein Stück Brot.« Und sie reichte ihm ein Stück Schwarzbrot zum Fenster hinaus.

Der Junge biß gierig hinein und ging kauend weiter. Es dämmerte schon. Mitja kam durch die Gemüsegärten und an den Riegen vorbei in den Wald von Kistenjowka. Als er bei den zwei Fichten war, die als Vorposten des Waldes dastanden, machte er halt, sah sich nach allen Seiten um, pfiff kurz und gellend und begann zu lauschen; ein langer leiser Pfiff antwortete ihm: jemand kam aus dem Walde und ging auf ihn zu.

Achtzehntes Kapitel

Kirila Petrowitsch ging im Saale auf und ab und pfiff lauter als gewöhnlich seinen Marsch. Das ganze Haus war in Aufregung; die Diener liefen hin und her, die Mägde hatten volle Hände zu tun; die

Kutscher spannten im Stalle die Kutsche an. Auf dem Hofe drängte sich das Volk, Marja Kirilowna saß in ihrem Ankleidezimmer regungslos vor dem Spiegel, während eine Dame, von mehreren Dienstmädchen umgeben, sie schmückte; ihr Kopf beugte sich unter der Last der Brillanten; sie fuhr leicht zusammen, wenn eine unvorsichtige Hand sie mit einer Nadel stach, schwieg aber und blickte besinnungslos in den Spiegel. »Wird es bald?« ertönte hinter der Tür die Stimme Kirila Petrowitschs. – »Sofort!« antwortete die Dame. »Marja Kirilowna, stehen Sie auf, schauen Sie in den Spiegel, ist es so gut?« Marja Kirilowna stand auf und sagte nichts. Die Tür ging auf. »Die Braut ist fertig,« sagte die Dame zu Kirila Petrowitsch, »lassen Sie sie fahren.« – »Mit Gott!« antwortete Kirila Petrowitsch. Er nahm vom Tisch ein Heiligenbild. »Komm her zu mir, Mascha,« sagte er ihr gerührt: »ich segne dich...« Das arme junge Mädchen warf sich ihm zu Füßen und begann zu schluchzen. »Papachen... Papachen ...« rief sie, fortwährend weinend, und ihre Stimme versagte. Kirila Petrowitsch beeilte sich ihr den Segen zu geben; man hob sie auf und trug sie fast zur Kutsche. Mit ihr setzte sich die Dame, die die Mutter vertrat, und eine der Mägde. Sie fuhren zur Kirche. Der Bräutigam wartete schon dort. Er ging seiner Braut entgegen und war bestürzt über ihr blasses und sonderbares Aussehen. Sie traten zusammen in die kalte und leere Kirche; man schloß hinter ihnen die Tür. Der Geistliche kam hinter dem Altar hervor und begann sofort mit der heiligen Handlung. Marja Kirilowna sah und hörte nichts; sie dachte seit dem frühen Morgen nur an das eine: sie wartete auf Dubrowskij; die Hoffnung auf ihn verließ sie für keinen Augenblick. Als aber der Geistliche sich an sie mit der üblichen Frage wandte, fuhr sie zusammen und wurde starr; aber sie zögerte noch mit der Antwort, sie wartete noch immer. Und der Priester sprach, ohne ihre Antwort abzuwarten, die entscheidenden Worte.

Die Feier war beendet. Sie fühlte den kalten Kuß des verhaßten Gatten; sie hörte die schmeichlerischen Glückwünsche der Anwesenden und konnte es noch immer nicht fassen, daß ihr Leben nun für immer in Fesseln gelegt sei, daß Dubrowskij nicht herbeigeeilt sei, um sie zu befreien. Der Fürst wandte sich an sie mit freundlichen Worten, – sie hörte sie nicht; sie traten aus der Kirche; vor dem Portal drängten sich die Bauern von Pokrowskoje. Ihr Blick schweifte schnell über die Leute hin und nahm wieder den starren Ausdruck an. Die Neuvermählten setzten sich in die Kutsche und fuhren nach ***, wohin Kirila Petrowitsch schon vorausgeeilt war, um das junge Paar zu empfangen. Allein mit seiner jungen Frau geblieben, ließ sich der Fürst durch ihre Kühle keineswegs beirren. Er versuchte gar nicht, sie mit süßlichen Erklärungen und lächerlichen Ausrufen des Entzückens zu quälen. Seine Worte waren einfach und erheischten keine Antwort. So waren sie an die zehn Werst gefahren; die Pferde liefen schnell über die unebene Straße, und die Kutsche rüttelte fast gar nicht auf ihren englischen Sprungfedern. Plötzlich ertönten Schreie; die Kutsche hielt und wurde im Nu von einer Schar Bewaffneter umringt. Ein Mann mit einer Halbmaske vor dem Gesicht öffnete den Schlag an der Seite, wo die junge Frau saß, und sagte ihr: »Sie sind frei! Steigen Sie aus.« – »Was soll das heißen?« rief

Der Fürst: »Wer bist du? ...« – »Das ist Dubrowskij,« antwortete die Fürstin. Der Fürst zog, ohne die Geistesgegenwart zu verlieren, eine Reisepistole aus der Seitentasche und schoß auf den maskierten Räuber. Die Fürstin schrie auf und bedeckte entsetzt ihr Gesicht mit beiden Händen. Dubrowskij war an der Schulter verwundet; das Blut floß aus der Wunde. Der Fürst zog, ohne einen Augenblick zu verlieren, eine zweite Pistole. Aber man ließ ihm nicht Zeit, zu schießen: der Schlag wurde aufgerissen, einige kräftige Hände zerrten ihn aus der Kutsche und entrissen ihm die Pistole. Mehrere Dolche blitzten über ihm auf. »Rührt ihn nicht an!« schrie Dubrowskij, und seine finsteren Genossen traten zur Seite. »Sie sind frei!« fuhr Dubrowskij fort, sich an die bleiche Fürstin wendend. – »Nein!« entgegnete sie: »es ist zu spät! Ich bin ihm schon angetraut, ich bin die Frau des Fürsten Werejskij.« – »Was sagen Sie!« rief Dubrowskij verzweifelt. »Nein! Sie sind nicht seine Frau, man hat Sie dazu gezwungen, Sie haben niemals darauf eingehen können...« – »Ich habe mein Jawort gegeben, ich habe ihm Treue geschworen,« entgegnen sie mit Festigkeit: »Der Fürst ist mein Gatte; befehlen Sie, ihn freizugeben und lassen Sie mich mit ihm allein. Ich habe Sie nicht betrogen, ich habe bis zum letzten Augenblick auf Sie gewartet ... aber jetzt, ich sage es wieder, ist es zu spät ... Lassen Sie uns.« Dubrowskij hörte aber ihre Worte nicht mehr: der Schmerz der Wunde und die heftige seelische Erschütterung beraubten ihn seiner Kräfte. Er sank neben dem Rad zu Boden; die Räuber umringten ihn. Er sagte ihnen einige Worte; sie hoben ihn in den Sattel, zwei von ihnen stützten ihn, ein Dritter führte das Pferd am Zügel, und alle ritten zur Seite, die Kutsche, die gefesselten Diener und die ausgespannten Pferde mitten auf der Straße zurücklassend, ohne etwas geraubt und ohne auch einen Tropfen Blut aus Rache für das Blut ihres Hauptmanns vergossen zu haben.

Neunzehntes Kapitel

Mitten im alten Walde, auf einer schmalen Lichtung, erhob sich eine kleine Befestigung, die aus einem Erdwall und einem Graben bestand, hinter denen sich einige Zelte und Erdhütten befanden. Eine Menge von Männern, deren verschiedenartige Kleidung und Bewaffnung sie auf den ersten Blick als Räuber erkennen ließ, saßen ohne Mützen im Freien um einen Kessel herum und aßen. Auf dem Walle kauerte neben einem kleinen Geschütz mit untergeschlagenen Beinen ein Wachtposten. Er brachte eben einen neuen Flick an einem gewissen Kleidungsstück an und führte dabei die Nadel mit einer Gewandtheit, die einen geschickten Schneider verriet. Jeden Augenblick spähte er nach allen Richtungen aus. Obwohl der Becher schon einigemal die Runde gemacht hatte, herrschte in dieser Schar ein seltsames Schweigen; die Räuber hatten die Mahlzeit beendet; einer nach dem anderen standen sie auf und sprachen ein Gebet; die zogen sich in die Zelte zurück, andere gingen in den oder legten sich nach russischer Sitte schlafen. Der Wachtposten war mit seiner Arbeit fertig; er schüttelte seine Lumpen, bewunderte den aufgesetzten Flick, steckte die Nadel in den Ärmel, setzte sich rittlings auf das Geschütz und stimmte aus vollem Halse das alte melancholische Lied an:

Rausche nicht, du alter Eichenwald...

In diesem Augenblick ging die Tür eines der Zelte auf und eine sauber und sorgfältig gekleidete Alte in weißem Haube erschien an der Schwelle. »Sei ruhig, Stjopka,« sagte sie zornig: »Der Herr schläft, und du singst. Ihr habt weder Gefühl noch Gewissen im Leibe.« – »Verzeih', Petrowna,« antwortete Stjopka. »Gut, ich werde nicht mehr singen; soll unser Väterchen nur schlafen und bald gesund werden.« Die Alte ging, und Stjopka begann auf dem Walle auf und ab zu marschieren. In der Hütte, aus der die Alte getreten war, ruhte hinter einem Verschlag auf einem Feldbette der verwundete Dubrowskij. Auf dem Tischchen vor ihm lagen seine Pistolen, und der Säbel hing ihm zu Häupten. Die Erdhütte war mit wertvollen Teppichen ausgeschmückt; in einer Ecke stand ein großer Spiegel mit einer silbernen Toiletteeinrichtung, die wohl für eine Dame bestimmt war. Dubrowskij hielt in der Hand ein aufgeschlagenes Buch, aber seine Augen waren geschlossen. Und die Alte, die hinter dem Verschlag hereinblickte, wußte nicht, ob er schlafe oder nur in Gedanken versunken sei. Plötzlich fuhr Dubrowskij zusammen. Draußen wurde Alarm geschlagen, und Stjopka steckte den Kopf zu ihm ins Fenster hinein. »Väterchen Wladimir Andrejewitsch!« schrie er. »Die Unsrigen haben ein Zeichen gegeben: man ist uns aus der Spur.« Dubrowskij sprang aus dem Bett, griff nach seinen Waffen und eilte aus dem Zeit. Die Räuber drängten sich geräuschvoll auf dem Hofe; bei seinem Erscheinen trat tiefes Schweigen ein. »Seid ihr alle da?« fragte Dubrowskij. – »Alle, außer den Spähern,« antwortete man ihm. – »An eure Posten!« rief Dubrowskij, und die Räuber nahmen ihre Plätze ein. In diesem Augenblick kamen drei Späher gelaufen. Dubrowskij ging ihnen entgegen. »Was ist los?« fragte er. – »Soldaten sind im Walde,« antworteten sie, »wir werden umzingelt.« Dubrowskij ließ das Tor schließen und ging selbst das Geschütz untersuchen. Im Wald ertönten mehrere Stimmen, die immer näher kamen. Die Räuber warteten stumm. Plötzlich zeigten sich drei oder vier Soldaten; sie wichen sofort zurück und gaben ihren Kameraden durch Schüsse Zeichen. »Macht euch fertig zum Gefecht!« sagte Dubrowskij; unter den Räubern entstand laute Bewegung, und gleich darauf war alles wieder still. Nun hörte man die Schritte des anrückenden Militärs; Waffen blitzten zwischen den Bäumen auf; an die hundertfünfzig Soldaten liefen aus dem Walde hervor und stürmten mit Geschrei gegen den Wall. Dubrowskij legte selbst die Lunte an; der erste Schuß war gut: die Kugel riß dem einen Soldaten den Kopf ab und verwundete zwei andere. Die Soldaten gerieten in Verwirrung, aber der Offizier stürmte vorwärts; die Soldaten folgten ihm und sprangen in den Graben. Die Räuber schossen auf sie mit Flinten und Pistolen und begannen mit Beilen den Wall zu verteidigen, auf den die rasend gewordenen Soldaten, die schon zwanzig Verwundete im Graben zurückgelassen hatten, hinaufzuklettern versuchten. Es entstand ein Handgemenge. Die Soldaten waren schon auf dem Wall, und die Räuber begannen zu weichen; aber Dubrowskij ging auf den Offizier zu, setzte ihm die Pistole an die Brust und drückte ab. Der Offizier fiel zu Boden, einige Soldaten hoben ihn auf und trugen ihn eilig in den Wald; die übrigen hielten, als sie ohne Führer geblieben waren, in ihrem Sturme inne. Die ermutigten Räuber benutzten diesen Augenblick der Verwirrung, drängten die Soldaten zurück und warfen sie in den Graben; die Belagerer ergriffen die Flucht; die Räuber setzten ihnen schreiend nach. Der Sieg war entschieden. Dubrowskij hielt den Feind für geschlagen, rief die Seinigen zurück, verschanzte sich in der Festung, verdoppelte die Wachen, ließ die Verwundeten auflesen und befahl allen, auf ihren Posten zu bleiben. Die letzten Vorfälle veranlaßten die Regierung, ernsthafte Maßregeln gegen die frechen Raubzüge Dubrowskijs zu ergreifen. Man stellte seinen Aufenthaltsort fest und schickte eine Kompagnie Soldaten hin, um ihn lebend tot zu ergreifen. Man fing einige Mann aus seiner Bande und erfuhr von ihnen, daß Dubrowskij sich nicht mehr unter ihnen befinde. Einige Tage nach dem letzten Zusammenstoß habe er alle seine Genossen um sich versammelt, ihnen erklärt, daß er sie für immer verlassen werde, und ihnen den Rat gegeben, ihr Leben zu ändern. »Ihr seid unter meiner Führung reich geworden, ein jeder von euch hat einen Paß, mit dem er sich unbehelligt in ein entferntes Gouvernement begeben kann, um dort den Rest seines Lebens in ehrlicher Arbeit und Überfluß zu verbringen. Ihr seid aber Spitzbuben und werdet euer Handwerk wohl nicht aufgeben wollen.« Nach dieser Rede habe er sie verlassen und nur *** mitgenommen. Niemand wisse, wohin er sich gewandt habe. Anfangs bezweifelte man die Richtigkeit dieser Aussagen, da man wußte, wie die Räuber ihrem Hauptmann ergeben waren; man glaubte, daß sie sich um seine Sicherheit bemühten; aber die Zukunft gab ihnen recht. Die grausamen Überfälle, Brandstiftungen und Plünderungen hatten aufgehört; die Landstraßen waren wieder sicher. Aus anderen Quellen erfuhr man, daß Dubrowskij ins Ausland geflüchtet sei.

Über tradition

Eigenes Buch veröffentlichen

tradition wurde 2006 in Hamburg gegründet und hat seither mehrere tausend Buchtitel veröffentlicht. Autoren veröffentlichen in wenigen leichten Schritten gedruckte Bücher, e-Books und audio-Books. tradition hat das Ziel, die beste und fairste Veröffentlichungsmöglichkeit für Autoren zu bieten.

tradition wurde mit der Erkenntnis gegründet, dass nur etwa jedes 200. bei Verlagen eingereichte Manuskript veröffentlicht wird. Dabei hat jedes Buch seinen Markt, also seine Leser. tradition sorgt dafür, dass für jedes Buch die Leserschaft auch erreicht wird.

Im einzigartigen Literatur-Netzwerk von tradition bieten zahlreiche Literatur-Partner (das sind Lektoren, Übersetzer, Hörbuchsprecher und Illustratoren) ihre Dienstleistung an, um Manuskripte zu verbessern oder die Vielfalt zu erhöhen. Autoren vereinbaren direkt mit den Literatur-Partnern die Konditionen ihrer Zusammenarbeit und partizipieren gemeinsam am Erfolg des Buches.

Das gesamte Verlagsprogramm von tradition ist bei allen stationären Buchhandlungen und Online-Buchhändlern wie z. B. Amazon erhältlich. e-Books stehen bei den führenden Online-Portalen (z. B. iBookstore von Apple oder Kindle von Amazon) zum Verkauf.

Einfach leicht ein Buch veröffentlichen: **www.tredition.de**

Eigene Buchreihe oder eigenen Verlag gründen

Seit 2009 bietet tredition sein Verlagskonzept auch als sogenanntes "White-Label" an. Das bedeutet, dass andere Unternehmen, Institutionen und Personen risikofrei und unkompliziert selbst zum Herausgeber von Büchern und Buchreihen unter eigener Marke werden können. tredition übernimmt dabei das komplette Herstellungs- und Distributionsrisiko.

Zahlreiche Zeitschriften-, Zeitungs- und Buchverlage, Universitäten, Forschungseinrichtungen u.v.m. nutzen diese Dienstleistung von tredition, um unter eigener Marke ohne Risiko Bücher zu verlegen.

Alle Informationen im Internet: **www.tredition.de/fuer-verlage**

tredition wurde mit mehreren Innovationspreisen ausgezeichnet, u. a. mit dem Webfuture Award und dem Innovationspreis der Buch Digitale.

tredition ist Mitglied im Börsenverein des Deutschen Buchhandels.

Dieses Werk elektronisch lesen

Dieses Werk ist Teil der Gutenberg-DE Edition DVD. Diese enthält das komplette Archiv des Projekt Gutenberg-DE. Die DVD ist im Internet erhältlich auf **http://gutenbergshop.abc.de**

Zeitfracht Medien GmbH
Ferdinand-Jühlke-Straße 7
99095 Erfurt, Deutschland
produktsicherheit@kolibri360.de